智慧公主马小岚纯美爱藏本 3

蓝月亮戒指

马翠萝 著

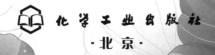
化学工业出版社
·北京·

图书在版编目(CIP)数据

蓝月亮戒指/马翠萝著. —北京：化学工业出版社，2015.5（2024.9重印）
（智慧公主马小岚纯美爱藏本）
ISBN 978-7-122-23536-7

Ⅰ. ①蓝… Ⅱ. ①马… Ⅲ. ①儿童文学-中篇小说-中国-当代 Ⅳ. ①I287.45

中国版本图书馆CIP数据核字(2015)第066661号

公主传奇　蓝月亮戒指　马翠萝著
ISBN 978-962-08-4780-6
本书为新雅文化事业有限公司授权化学工业出版社有限公司在中国大陆地区出版中文简体字版本，仅限于在中国大陆地区（不包括香港、澳门及台湾）发行销售。
未经许可，不得以任何方式复制或抄袭本书的任何部分，违者必究。
© 2012 Sun Ya Publications (HK) Ltd.

北京市版权局著作权合同登记号：01-2012-2899

责任编辑：张素芳　　　　　　　　　　　责任校对：陈静

出版发行：化学工业出版社（北京市东城区青年湖南街13号　邮政编码100011）
印　　装：大厂聚鑫印刷有限责任公司
880mm×1230mm 1/32　印张 5　2024年9月北京第1版第13次印刷

购书咨询：010-64518888　　　　　　　　售后服务：010-64518899
网　　址：http://www.cip.com.cn
凡购买本书，如有缺损质量问题，本社销售中心负责调换。

定　价：16.80元　　　　　　　　　　　　版权所有　违者必究

第1章　出走的公主　　　　　　　　5

第2章　蓝色公主号　　　　　　　　11

第3章　邮轮上的巧遇　　　　　　　20

第4章　公主在邮轮上失踪　　　　　27

第5章　这里发生了绑架　　　　　　34

第6章　安琦的故事　　　　　　　　42

第7章　夺命沙尘暴　　　　　　　　52

第8章　荒漠历险　　　　　　　　　59

第9章　所罗门宝藏　　　　　　　　71

第10章　木笼子里的大使　　　　　　82

第11章	烈火里的惊人一幕	90
第12章	万卡医生	99
第13章	化险为夷	110
第14章	蓝月亮戒指	120
第15章	山崩地裂	130
第16章	伟大的计划	138
第17章	回到过去	151

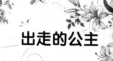

第1章
出走的公主

一辆出租车里,坐着三个戴着清一色太阳眼镜的少年男女,他们是从王宫偷偷出走的马小岚、周晓晴、周晓星。

晓星对这次出走表现出极大的兴奋,他在车上的后视镜里照了又照,对自己戴太阳眼镜的模样十分满意,觉得自己"帅"极了。他想,以后回到乌莎努尔,一定要用这个造型去见妮娃。

"今天我们肯定上报纸头条了,标题字号一定很大,《落跑公主》?《落跑公主和她的好朋友晓晴、晓星》?哈哈!"晓晴得意地说着,又担心地嘀咕,"糟糕,不知道报馆会用我哪张照片,千万别用那些照得丑的啊!"

小岚则一副很忙碌的样子,翻钱包、掏衣袋,连背囊里的书也一本本拿出来逐页翻着。

晓晴瞧瞧她,忍不住问:"小岚,你在找什么呀?"

小岚说:"我在看我有多少钱。你们也找找看,把全部钱集中在一起,看看我们有多少财产。"

晓星问:"小岚姐姐,你找钱干什么?"

小岚瞪了他一眼:"废话,我要去寻找亲生父母,没有

钱怎么去,起码得有路费呀!"

晓晴说:"你还用发愁没钱吗?你有一张国际银行联会发出的世界通行的白金卡呀!无论世界上任何一家银行、任何一间店铺都会为你服务,而且无使用限额。"

小岚说:"我忘了带。"

"啊!"那两姐弟异口同声地喊起来。

没有钱的出走,那就不好玩了。

晓晴说:"小岚,你回去拿!"

晓星说:"是呀是呀,回去拿回去拿!"

"不!不能回去。"小岚斩钉截铁地说,"回去就出不来了!"

小岚说得没错,她一回王宫去,万卡国王一定会派遣军队把王宫围个水泄不通,她到时插翅也难逃了。

晓晴担忧地说:"小岚,我们没钱,那旅途上吃什么?住哪里?"

小岚却挺乐观的:"车到山前必有路,大不了给餐馆洗碗,给旅店打扫,绝不会饿死。"

"啊!洗碗?打扫?"晓晴惊叫起来。家里有佣人,她这辈子还没洗过一只碗呢!

小岚显出一副满不在乎的样子:"怕啦?那我自己去

好了!"

晓星胸膛一挺说:"小岚姐姐,我跟你去!以前不是也有过什么'电波少年'吗?他们也是没带一分钱就去周游列国,也挺有趣啊!"

晓晴嘟着嘴,她对流浪生活可一点兴趣都没有,但见小岚铁了心不肯回去,也只好舍命陪君子了。谁叫她们是最好的朋友呢!

小岚见两人不再反对,嘴上不说,心里却挺高兴的。说实话,她心里其实挺在乎这两个朋友呢!

晓晴和晓星都加入了"寻钱"行动,他们把小包包呀、背囊呀全部翻了个底朝天,终于凑了几千块。小岚小心地把钱放进一个旧信封里,让晓晴保管。

这时出租车停住了,晓晴付了钱,三人下了车。

晓星突然喊起来:"慢着,这是哪里?"

晓晴挖苦说:"你不识字吗?乌莎努尔国际机场,这么大的字都看不见!"

晓星大声嚷嚷起来:"我不坐飞机,不坐!"

原来自从上次坐直升机差点失事之后,晓星就得了飞机恐惧症,再也不敢坐飞机了。

小岚只好哄他说:"晓星,乖啦!"

晓星坚决地说:"不,我宁愿不乖!"

晓晴朝小岚使了个眼色，两人小声地说："一、二、三！"

说完，两人一人抓住晓星一只胳膊，架着他直奔机场大楼。晓星挣扎着大叫："救命！救命！"

几个机场护卫员跑了过来，周围一些旅客也停住了脚步，此情此景令他们想起绑架案。小岚和晓晴连忙放了晓星，小岚对护卫员说："这位小弟弟怕坐飞机。"

几位护卫员一听便笑了起来。晓星见围观的人里有一位漂亮的小妹妹正用诧异的目光瞧着他，便马上挺挺胸，说："不是啦，我只是跟她们开个玩笑而已！"

"是呀是呀，这位小朋友最喜欢开玩笑了。"小岚狡猾地笑着，又说，"那我们赶快去买票吧！"

为防止晓星溜走，小岚和晓晴一前一后"押"着他走去售票处。

晓晴把所有钱递给售票小姐，售票小姐看着那把皱巴巴的钱，不禁皱了皱眉头，但很快又回复了职业性的微笑。她把那些钱一张张抚平叠好，问道："去哪里？"

"去哪里？"晓晴转过身问小岚。

一直嘟着嘴表示不满的晓星，这时找到了发泄的机会："真笨！电视剧里都有说啦，像我们这样偷偷出走的，当然是坐最快起飞的那班飞机了！"

小岚瞄了瞄晓星，笑嘻嘻地说："噢，晓星真聪明，就按他说的去办吧！"

晓星朝晓晴"哼"了一声，一副洋洋得意的样子。

晓晴耸了耸鼻子表示不屑。她朝售票小姐说："买最快起飞的。"

售票小姐数了数钱，说："最快起飞的是去美国的，钱不够呢！唔，你们买第三快起飞的吧，是去中国台湾高雄市的，钱刚够。噢不，还剩几十块钱。"

晓晴扭过头问："去高雄，怎样？"

小岚说："行，先离开这儿再说！"

尽管千不想万不愿，晓星还是被飞机带上了万尺高空。直到飞机平稳地穿行在蓝宝石般的天际时，他紧张的心情才稍稍放松。

为了让自己放心，他问小岚："听说，飞机起飞和降落时较容易出事，现在应该很安全了吧？是不是？"

晓晴还记着刚才弟弟损她的事，便有意吓唬他说："哼哼，难说，难说！"

小岚见晓星马上又紧张起来，便瞪了晓晴一眼说："你少添乱！"

晓星见晓晴被责备，很得意："姐姐，你可别得罪我，现在我跟小岚姐姐是同一阵线！我们二比一。"

小岚怕晓星过一会儿又再烦她,便从前面座椅背后的杂物里翻出一副眼罩,说:"晓星,你戴上眼罩睡一会儿吧,一觉醒来就到高雄了。"

晓星很乐意接受这个提议,他立即戴上眼罩,然后靠在座椅上,不一会儿就迷迷糊糊地睡着了。

"醒醒,晓星醒醒!"有人在使劲摇晃他。

晓星猛地醒了,他一把扯下眼罩,惊慌地问道:"什么事?是要坠机吗?!"

"哈哈哈……"小岚和晓晴笑得喘不过气来,小岚捶了晓星一下,"坠你个头,到高雄了!"

第2章
蓝色公主号

　　三人随着人流走出高雄机场，晓晴说："小岚，我们现在怎么办？"

　　"按原来设计的行程，我们应该先去埃及找我仲元爸爸和赵敏妈妈。"小岚说，"但现在首先要解决钱的问题。我记得仲元爸爸说过，哪里有文物馆，哪里就有他的朋友。我们先坐车去市区，打听哪里有文物馆，这样就可以向爸爸的朋友借点路费了。"

　　晓晴一听很高兴："怎么不早说！我还以为……"

　　小岚说："你可别高兴得太早，要是找不到文物馆，借不到钱，那我们还得去洗碗。"

　　晓晴笑嘻嘻地说："嘿嘿，这个我放心，你是贵人嘛！贵人出门，一定会有人相助的！"

　　来到巴士总站，有一辆巴士快开了，晓星一见就大喊起来："车要开了，快上！快上！"说完便带头冲了上去。

　　巴士原来是去码头的。

　　码头上熙熙攘攘的，十分热闹。

　　"啊，蓝色公主号！"晓星突然指着不远处大叫

起来。

两个女孩子朝晓星手指处望去,不禁异口同声"哇"地喊了起来。码头上停泊着一艘蓝色的巨型豪华邮轮,看上去足有300米长,60多米高,船身漆有5个白色的字——蓝色公主号。

还在中国香港的时候,他们就听说过这艘邮轮了。记得那次同学小美跟家人坐了一次,回来足足讲了一个月,如何豪华,如何舒适,如何好玩,惹得班里同学看着她拍回来的照片羡慕不已。那时小岚曾许诺,等储够了稿费,就带晓晴、晓星上一趟蓝色公主号,"豪"他一次。

晓晴眼馋地看着那艘邮轮,顿足说:"嘿,要是你带着那张信用卡就好了,我们就可以马上过过坐邮轮的瘾了!"

阳光有点强烈,小岚抬起左手遮住额头,想把蓝色公主号看得更清楚些。她手上那枚蓝宝石戒指,在阳光的照射下,发出一道炫目的光。那光把一位正路过的女子晃花了眼,她本能地转过头来。

她看见了小岚手上那枚蓝月亮宝石戒指。

女子脸上露出惊讶的神情,她转身向小岚他们走来。

她微笑着对小岚说:"你好!请问是小岚小姐

吗？"

小岚正好奇地看着那艘邮轮，没发觉有人跟她说话，倒是晓晴听见了，她拉拉小岚，说："小岚，这位小姐跟你说话呢！"

小岚扭头一看，见是一位年约四十的女子，她身材颀长，笑容亲切，穿着一身黑色的西装套裙，样貌清秀中又带点威严，很像那些在商场中长袖善舞的成功女性。

小岚说："我们认识吗？"

"以前不认识，现在认识了。"女子笑着说，"我叫饶一茹，是蓝色公主号的行政总裁。"

"行政总裁！"小岚心想，这阿姨的风度，还真很像一位CEO。

小岚正奇怪这位行政总裁为何要把自己介绍给她，而饶一茹早已命令一直跟在她身后的两个男人："阿祖、阿占，你们替这几位小姐先生拿行李。"

那两个男人应了一声，连忙过来帮忙背起小岚他们的几个背囊。小岚很奇怪："干吗替我们拿行李？"

饶一茹笑着说："因为你们即将入住蓝色公主号的公主套房。"

"啊！"三个孩子几乎异口同声叫起来，他们早就听说

过,公主套房是整艘邮轮最豪华的房间呢!

小岚不解地问:"饶总裁,这是为什么?我们并没有购买船票啊!"

饶总裁微笑着说:"因为我刚刚接到一个通知——半小时前乌莎努尔公国发出了一封函件,那是发往全世界的,请求各地提供协助,予以该国公主马小岚一切方便。公主的最大特征就是手上戴着一枚蓝月亮戒指。"

"太好了!"晓星欢呼雀跃,"是万卡哥哥,是他在暗中帮我们呢!"

"这……"小岚还想说什么,晓晴却狠狠地扯了扯她的胳膊。

"我的小公主,你就别这个那个了,既然总裁盛意邀请,却之不恭,我们快上船吧!"晓晴当然不会放过这样的好事,她一把扯住小岚一只胳膊,就往登船处走去。

"对呀,小岚姐姐,快上船吧!"晓星这时和晓晴站在同一阵线了,他拉着小岚的另一只胳膊,两姐弟拉拉扯扯的,把小岚拽到检票处。

"好啦好啦,放开你们的小爪子,去就去呗!"小岚其实也挺想到船上玩玩的,只是有点生气万卡总要管她的事罢了。

饶总裁把小岚他们带到检票处,她对一名穿蓝色制服有

着细长眼睛的年轻女子说:"安琦,麻烦你把这三位贵客送到公主套房。"

安琦愣了愣,她把饶总裁叫到一边,小声说:"总裁,不行啊!公主套房有人订了。"

饶总裁一愣,随即说:"不管是谁订的,都要让出来,这几位客人要好好招待,不能怠慢。"

她想了想,又说:"你把我准备住的至尊套房让给那位客人吧,另外再给他六折优惠。"

安琦点点头,又走过来请小岚他们跟她走。饶总裁朝小岚挥挥手,笑着说:"玩得开心点!我要去处理一些公务,不能送你们去房间了。有什么要求,尽管跟安琦说,她是我们这里的客务部经理。"

三个孩子雀跃地登上了甲板!啊,这船好大呀!

安琦微笑着给三位客人介绍:"蓝色公主号可以乘载2800人,它长300米,宽55米,共有19层甲板……"

晓星发出"哇哇哇"的惊叹声,又大声宣布说:"等我长大了,攒到钱,也学饶总裁那样,造一艘大邮轮!安琦姐姐,造这样一艘船要用多少钱?"

安琦说:"大约四亿五千万美金。"

晓星吓得张大嘴巴:"四亿……五千万,还是美金!小岚姐姐,那折合港币多少钱?"

小岚说:"约三十几亿吧!"

"三十几亿?!"晓星吐吐舌头,不敢吭声了。

安琦把三位客人带入观光电梯,那全透明的电梯徐徐而上,堂皇的大厅、泳池、船上各类设施尽收眼底,那样的豪华,连见识过乌莎努尔王宫的小岚他们,也忍不住发出赞叹——好一座海上宫殿!

公主套房在第18层。

三人欢呼着冲进公主套房。顾不上欣赏布置得美轮美奂的房间,他们都迫不及待地跑到阳台上,凭栏远眺海上美景。

"好多船啊!"晓星像从乡下进城般,东望望,西瞧瞧,十分兴奋。

小岚没作声,只是专心地欣赏着那水天相接的美景,恨不得马上写一篇游记呢。

晓晴心里惦记着别的,看了一会儿海景就忙着向安琦打听:"请问这里有美容院吗?有商场吗?"

安琦一直笑容满面,她回答了晓晴的问题后,又对他们说:"各位稍事休息后,可到船上慢慢参观,晚上在中央大厅有一场'海洋之夜'舞会,请务必穿晚礼服出席。"

"啊!那一定很热闹!但我们没带晚礼服,怎么办?"晓晴很着急。

"不要紧,船上商场有时装店,你们可以到那里选购合适的服装。"安琦微笑着说。

"可是……"晓晴看看小岚,样子很无奈。

小岚明白晓晴想什么,便对安琦说:"安琦姐姐,我们没带够钱,有免费租借的服装吗?"

安琦说:"三位请放心,刚才饶总裁已经吩咐过,三位在船上的一切费用全免,你们要买什么,玩什么,都不用给钱。"

"太好了!万岁!小岚万岁!!"晓晴高兴得搂着小岚跳起来,"我早就说了,公主出巡,肯定有贵人相助!看,马上应验了!"

小岚正要答话,忽然听到门外有人大声说话:"这公主套房明明是我们订了的嘛,怎么不让我们入住呢?"

安琦一听忙说:"噢,是原来订了这房间的客人!我出去一下。"

安琦匆匆忙忙走到门外,外面随即传来她满含歉意的声音:"真对不起,这是我们工作做得不好,请原谅!我们给您安排了至尊套房,再给您打六折……"

客人仍不依不饶:"不行,我一早就答应了我妹妹,让她做一回公主,住公主套房的……"

小岚听了很不好意思:"原来是我们把人家订的房间占

了。这样不好,我们出去看看。"

三个孩子走到套房门口,看见一个高高瘦瘦的少年正背向门口,和安琦说着话。小岚对那少年说:"先生,对不起!……"

那少年转过身来。

"啊!是你!"除了安琦之外,在场所有人都惊呼起来。

那少年竟是乌莎努尔首相莱尔的儿子,他们的好朋友利安!

第3章
邮轮上的巧遇

公主套房里热闹非常,大家七嘴八舌抢着说话,那声浪大得简直要把公主套房掀起来。他乡遇老友,当然开心得要发疯了!

晓星手忙脚乱地翻背囊,终于找到了那副太阳眼镜,他急忙戴上,然后一个劲儿地问妮娃:"你觉得我今天有什么不同?"

妮娃皱着眉头看了半天,说:"没什么不同呀,还不是傻傻的小男孩一个!"把晓星气得干瞪眼。

妮娃也不管他懊恼不懊恼,拉着他的手,到阳台上看船去了。

那两个小调皮一走,房间里才安静了点,小岚这才顾得上问利安:"你们不是跟妈妈一起出来旅游的吗?怎么就剩你们两兄妹?"

利安说:"我们本来一块儿来了中国台湾的。昨天接到电话,说外婆的胃病又犯了,妈妈听了不放心,要马上回国。但妮娃死活要坐邮轮,所以我就和她留了下来,在这里买了去阿拉斯加的票。没想到会遇到你们!对了,你们怎么

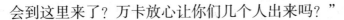

会到这里来了？万卡放心让你们几个人出来吗？"

小岚笑着说："我们是偷偷溜出来的。"

利安听了，哈哈大笑起来："原来是这样！真有意思！"

晓晴也说："是呀，都不知多好玩。更有趣的是，当我们走投无路，眼看着要去替人洗碗擦地板攒路费时，竟遇上了这里的总裁，她不但给我们安排了最好的套房，还包吃包住包买东西。"

利安睁大眼睛："什么，竟有这样的事？"

晓晴开心地搂住小岚，说："我们这公主面子大嘛！小岚，我今生今世跟定你了，跟着你，一定无惊无险，心想事成！"

小岚没好气地说："哼，我又不是小帅哥，你跟着我干什么！"

"呵呵呵，你不是小帅哥，可你是大贵人呀！跟着你好事多着呢！"晓晴嘻嘻地笑着，又兴奋地说，"大贵人，我们一起去买晚装吧，不买白不买，我们要挑最贵、最漂亮的！"

小岚对打扮向来没多大兴趣，就说："你们去买吧，你帮我挑一套白色的晚装，简约些的，你穿得下就行，反正我跟你身材差不多。我想到甲板上走走。"

"我也想去甲板上吹吹风。我陪你吧！"利安忙说，"我和妮娃上船前已准备了服装，买船票时已有提示呢！"

晓晴说："好，那我跟晓星去吧！"

妮娃也争着要跟晓晴、晓星去买衣服，她说要替晓星参谋参谋。

邮轮大概即将起航了，码头上只剩下一些送行的人。

这时已是黄昏时分，一轮红日落向西方，那俗称"火烧云"的晚霞烧红了半边天。彩霞一会儿红艳艳，一会儿金灿灿，一会儿紫中带黄，一会儿又变成灰色、杏色、米黄色，还有些说不出来的颜色。晚霞千变万化，一会儿变成一头牛，一会儿变成一只狗，一会儿又变成一头大象，十分有趣。

小岚从未见过如此美丽的晚霞，不禁兴奋地抬起手，指着那只天边的小狗，让利安看。她抬手时，那枚蓝月亮戒指在落日的辉映下，发出一道耀眼的光彩。利安没有去看落日，反而紧紧盯着小岚的戒指。他脸上的笑容突然不见了。

小岚察觉到了利安的注视，她第一反应便是用另一只手捂住了那戒指。

利安难过地问："国王向你求婚了？"

小岚奇怪地问："你怎么知道？"

利安说:"你手上戴着的蓝月亮戒指,是历代王妃都戴过的。"

小岚惊讶地摸摸戒指:"你也知道这戒指?"

利安说:"嗯。这戒指从来都被王妃视为比生命还宝贵的东西,通常只在结婚大典上戴一次,之后就珍藏起来,所以见过这戒指的人不多。"

小岚问:"那你见过吗?"

利安摇摇头:"我也没见过。但小时候妈妈给我讲国王婚礼的盛大场面时,描述过这枚戒指。这戒指的设计十分特别,戒面的蓝宝石被切割成一个弯弯的月牙,所以称为'蓝月亮'。"

小岚那戒指上的月牙沐浴在落日的余晖里,发出一道炫目的蓝光,真不愧为"蓝月亮"!

这时,利安又神色黯然地说:"小岚,这戒指戴在你手上意味着什么,我很明白。到你成为高高在上的尊贵王妃时,我们就不可以再做好朋友了……"

小岚愣住了,她没有想到利安会因此事这么难受。她急忙说:"嘿,我可没有答应他呢!这蓝月亮戒指我是戴着玩的,只是戴上去脱不下来了。"她又用手尝试去脱:"你看,脱不下来嘛!"

这时,安琦刚好走上甲板,她听到"蓝月亮"三个字

时，脸色突然大变。她赶紧闪进了一个隐蔽处，静听小岚和利安说话。

利安对小岚的话半信半疑，他拿起小岚的手，想帮她把戒指取下来，但弄了好久都是白费劲，于是说："算了吧，你戴着也挺好看的，反正也代表不了什么！"

小岚猛点头："对，戴着它也代表不了什么！"

利安紧紧握住小岚的手："那么，我们还可以做朋友，很好很好的朋友？"

看着笑容又回到利安脸上，小岚才放了心。她是个善良的女孩，不想别人不开心，尤其是像利安这样的好男孩。

"我们当然是很好很好的朋友！"小岚一边说，一边拉着利安跑向船头，"我们去那里吹吹风！"

小岚和利安一点也没有察觉到，刚刚他们说话时，有一双细长细长的眼睛死死地盯着小岚手上的戒指。

那是安琦的眼睛。她目送着小岚和利安的背影，陷入了沉思。

小岚和利安跑上船头，凉风习习，吹在脸上舒服极了，小岚高兴地站到最高处，学着《泰坦尼克号》里的女主角露丝，张开双手，闭上眼睛……

利安目不转睛地看着小岚，晚霞涂在她身上，海风轻拂她的衣裳，她仿佛是一个浑身散发着光芒飘飘欲飞的小仙女……

利安有一股冲动,他真想像《泰坦尼克号》里的杰克一样,上前搂住小岚的腰。正犹豫着,有个人跑了过来,是客务部经理安琦。

"不好了,你们那位叫晓星的朋友,在商场里摔了一跤,后脑撞伤了!"安琦气喘吁吁地说。

"啊!"小岚脸色发白,焦急地问,"他现在呢?"

安琦说:"另外两位女孩子陪他上了岸,到医院去了。"

小岚急匆匆就走,边走边问道:"上哪家医院了?"

安琦说:"仁心医院。你们对路不熟,我带你们去吧!"

"谢谢!"

小岚和利安跟着安琦,急急地下了船,又上了安琦停在码头的一辆车。在他们身后,"呜"的一声,邮轮起航了。

第4章
公主在邮轮上失踪

随着邮轮起航的汽笛声，晓晴挽着大大小小十几个手挽袋，回到了公主套房，她把东西往床上一扔，坐在椅子上直喘气。

"死晓星！坏晓星！臭晓星！"晓晴嘟嘟囔囔的，一副气难消的样子。从商场回来经过游戏机室时，晓星马上就黏着不想走了，他把手里的东西往晓晴身上一挂，就拉着妮娃走进了游戏机室。

"这小子，哼！有空再教训他。啊，好漂亮啊！"那大堆漂亮衣服很快冲散了晓晴的不快，她把全部"战利品"摊在床上，一件件试穿起来。

全部试穿完毕，已过了半个多小时了，她这才想起，自从去商场买衣服后，一直未见过小岚和利安。她把给小岚买的两套白色晚礼服挂好，便出去找他们。

甲板上，旅客们三三两两倚在船栏上，不时用手指指点点的，观看沿途景色，但没有小岚和利安的踪影。

晓晴有点着急，她跑到游戏机室，找着了晓星和妮娃，那两个家伙正玩着一个野战游戏，"冲啊、杀呀"地喊个

不停。

晓晴走过去,问道:"喂,你们有见过小岚他们吗?"

妮娃愣了愣,说:"他们不是在甲板上吗?"

晓晴说:"没有啊,甲板上没有我才来这儿找!"

晓星的眼睛一直盯着游戏机屏幕,一刻也没有挪开。他说:"这船那么大,可能他们去了其他地方玩吧!"

晓晴点点头,说:"对,也许我不该瞎操心。舞会将在一个小时后开始,我想他们等一会儿就会回来了。你们也别玩太久了,一会儿就回来,知道不?"

晓晴回房间洗了个舒舒服服的泡泡浴,之后梳妆打扮又花了不少时间,从浴室出来时,她发现客厅里只有晓星和妮娃在看电视,而小岚和利安还是不见人影。

晓晴看看挂钟,还差十几分钟舞会就要开始了,真急死人了,小岚他们去哪里了呢?

晓星说:"会不会……会不会他们直接去了中央大厅?"

晓晴摇头:"肯定不会!他们还穿着牛仔裤呢,舞会规定一定要穿晚礼服才能进场的。"

说话间,已到了舞会开始时间,妮娃嘟着嘴说:"哥哥还答应跟我跳舞呢,他和小岚姐姐到底去哪儿了?"

晓晴说:"我们不能再等了,我们去找安琦小姐,让她帮忙。"

三个人去了客务经理室,但门关得紧紧的,安琦会不会去参加舞会了呢?他们赶紧搭电梯去了位于第十二层的中央大厅。

观光电梯的门一打开,就传来一阵《蓝色多瑙河》的乐曲声和欢笑的人声,晓晴带着晓星和妮娃来到门口,请侍应生帮忙找一下安琦小姐。这时,听到有人问:"咦,你们不是小岚小姐的朋友吗?"

原来是盛装打扮的总裁饶一茹。

晓晴像找到救星一样,拉住饶总裁说:"饶总裁,小岚和利安不知上哪儿去了,您能帮忙找找吗?"

饶一茹一听马上说:"没问题!"她随即拿出手机,拨了个电话:"喂,是监控中心吗?我是饶一茹。请你们马上替我找找乘客马小岚小姐和利安先生,请他们立即到总裁室。"

"谢谢您,饶总裁!"

"不用客气!没事的,我们的监控中心很快就会找到小岚小姐的。我们回总裁室等他们好了!"饶一茹带晓晴他们去总裁室,还一边安慰说,"我们这邮轮十分安全,运行几十年,从没有出过事呢!"

几十分钟过去了,小岚他们还是没有出现,电脑监控中

心也来了电话,说是把全船搜索了一遍,仍没有发现这两位旅客的踪影。

饶一茹有些沉不住气了,要知道,假如乌莎努尔公国的公主在蓝色公主号上失踪的话,将会让她的事业蒙羞。

妮娃"哇"地哭了起来,还大叫着:"哥哥、小岚姐姐,你们在哪儿呀?"

晓晴不知怎样安慰妮娃,因为她自己也心慌意乱的。倒是晓星这时显出了他的男子汉气概,他安慰妮娃说:"别哭,我不会让小岚姐姐和利安哥哥有事的!"

晓星读过小岚写的许多侦探小说,他努力回忆着书中小侦探的做法。他对饶一茹说:"总裁阿姨,请您把小岚姐姐和利安哥哥的照片发到各部门,请所有工作人员回忆一下,他们最后一次见到小岚姐姐和利安哥哥是什么时候。"

饶一茹正在考虑下一步如何做。由于事出突然,事态严重,她也有点乱了方寸,听晓星这么一提醒,她马上点头说:"好,我马上请各部门经理去办。"

饶一茹亲自逐一打电话,向各部门经理下达指示,但唯独找不到客务部经理安琦。安琦的副手——副经理袁志强告诉饶一茹,自从开船后,他就没见过安琦。

晓星想了想,说:"饶总裁,安琦不见踪影,也许跟小岚姐姐的失踪有关呢,请您马上查查安琦的背景资料。"

饶一茹见这孩子分析问题有条有理，也愿意按他说的去办，她马上吩咐袁志强去办这件事。

过了一会儿，袁志强就把安琦的人事档案传给了饶总裁。安琦的家庭情况还真有点复杂，父亲在十五年前去世了，两年后，母亲也撒手尘寰，家里就剩下她和八十高龄的奶奶。她本人的经历倒是挺辉煌的——自小便是优等生，之后一路跳级，用四年时间读完小学，又用四年时间读完中学，之后用了三年时间读完大学。十七岁攻读硕士，一年后就拿到了硕士文凭，然后进入社会参加工作。她前后做过两三份工作，从事的都是旅游行业。

晓星仔细地看着安琦的履历，不放过任何一个细节，小岚姐姐笔下的小侦探，都是这样的呢！过了一会儿，他对饶总裁说："您有没有发觉，安琦找的每一份工作，都跟有钱人有关，您看：第一份工作，九重天酒店，这九重天是专给顶级富豪入住的；第二份工作，东方快车，车费比普通列车贵六倍，乘客都是有钱有地位的；第三份工作，蓝色公主号，上船的都不会是穷人。"

饶一茹一边听一边点头："你不讲我都没发觉呢！没错，她的每一份工作都跟有钱人有关。"

晓星继续说："这就说明，安琦想接近有钱有地位的人，她一定是想达到一个什么目的。"

晓晴插嘴说："也许她想嫁个有钱人吧！通常想嫁个有钱人的女孩，都会给自己制造许多跟有钱人接近的机会。"

饶一茹摇摇头："我看她不像是那种女孩。而且她对我说过，为了一心一意照顾年迈的奶奶，她不想太早结婚。"

晓星正想说什么，有人敲门。保安部来了两个人，他们分别是保安部经理刘大刚和保安员李同。原来李同记得邮轮临起航前一刻，安琦带了两个人从特别通道匆匆离船，李同很肯定地说："那两个孩子，一男一女，我记得很清楚，正是你们要找的人。"

晓星着急地问："请问，他们当时在说什么，神情怎样？"

李同想了想，说："那个女孩好像很着急似的，一边走一边问安经理什么，好像提到'医院''跌伤'什么的。"

"医院？跌伤？难道是他们有谁受伤了，去了医院？"晓星皱着眉问。

李同摇头说："不会呀，我看他们三人都腿脚灵便，不像是受了伤的样子。"

晓星呆呆地想着什么。饶一茹见他不再问，就让刘大刚和李同走了。

晓星突然大喊起来："不好了，一定是安琦把小岚姐姐和利安哥哥绑架走了。你们想想，安琦为什么找的工作都跟有钱人有关,一定是为了绑架勒索!安琦看见小岚姐姐可以住公主套房,一定是有钱人的孩子,所以……"

晓星的分析的确有道理,在场的人都呆住了。

"哥哥和小岚姐姐被绑架?啊,怎么办?呜呜呜……"妮娃又大声哭了起来。

晓晴也吓得脸色发白。

晓星焦急地对饶一茹说:"饶总裁,我得赶快回高雄救小岚姐姐,您能让船掉头吗?"

饶一茹说:"船不可以掉头,但我可以召直升机来,把你们接上岸。"

"直升机?"晓星一听要乘飞机心里就发毛,但要救好朋友的决心战胜了恐惧,他说,"好!坐就坐!"

第5章
这里发生了绑架

  小岚努力地睁开眼睛,想知道自己在哪里,但没有用,眼睛被黑布蒙上了,什么也看不见。

  她使劲用鼻子嗅了嗅,有一股淡淡的香水味,应该是身处在一个女人住的房间。

  小岚动了动,想爬起身,才发现自己被绑在床架上。

  她意识到,自己被绑架了。

  之前发生了什么事?小岚努力地回想着:自己和利安在船头吹风,学电影《泰坦尼克号》里的露丝;安琦出现,告知晓星跌伤;跟安琦下船,坐上安琦的车子……对了,问题就出在上车之后,自己突然闻到一股花香,然后身子就软软的,什么都不知道了。

  难道是安琦做的?

  身边突然有什么在动,又听到"呼哧呼哧"的呼吸声,是利安?她马上叫道:"是利安吗?"

  "唔,唔唔!"听声音嘴巴被堵上了。

  小岚循声寻去,她也顾不得那么多了,因为目前她

只有嘴巴能用，于是就用嘴去触摸，首先触到了利安的头发，顺势滑下去触到了他的额头、鼻子、嘴巴，他的嘴巴被塞了一团毛巾。小岚赶紧用嘴巴一咬，把毛巾拿走了。

"哎……"利安大口大口地喘气，"是小岚吗？你没事吧？"

小岚说："我没事！我们被人绑架了。"

利安气愤地哼了一声："一定是安琦，她骗我们上了她的车，又迷昏了我们……"

"嘘……"小岚突然阻止利安说话。

门外有人在说话，好像是一男一女。

女人说："里面没声音，应该还没醒。那些迷香不会对身体有害吧？"

听得出来，那是安琦的声音。

"你问了十几次了，我都说过，不会影响身体的，只是令他们昏睡而已。"男人有点不耐烦地说，"这事也够麻烦了，原先想趁他们昏迷后，拿了那女孩的戒指就行了，没想到还会有取不下来这回事。"

女人说："唉，这事现在有点复杂，找了这么多年，终于找到了蓝月亮戒指，还以为拿了戒指就把他们放走，没想到又节外生枝。"

男人停了停,说:"实在没办法,拿把刀来剁下她的手指……"

"天哪,你住嘴!"安琦急急地说,"说好了不伤害任何人的。"

那男人笑了:"我跟你开玩笑而已,看你急成这副样子!"

"人家都烦死了,你还开玩笑!"安琦气呼呼地说,"总不能把他们带去金刚山,再说他们也不会去的,难道要把他们绑起来,抬着去不成!还有,明天奶奶起来,知道家里多了两个外人,也不知道该怎样跟她解释。"

男人说:"算了,你也累了,先睡上一觉,说不定明天起来会想出好办法呢!"

两人的声音越来越远,想是走过去了。

利安说:"看来他们是冲着'蓝月亮'来的。他们要拿这戒指干什么呢?"

"看来安琦还不算太坏,起码她不想伤害我们。我们见机行事,再想办法逃走。"小岚说,"来,我们先想办法解开蒙眼的布,能看见东西,一切就容易办了。"

利安说:"来,我试试用牙齿给你解开蒙眼布。"

蒙眼布在小岚脑后打了一个紧紧的结,利安弄了很久都没解开。

小岚听到利安累得直喘气,便说:"要不我先替你解吧!"

利安说:"不,再坚持一会儿,应该快可以了。"

利安继续努力着,又弄了几分钟,那个死结终于被解开了。两人不禁发出了低低的欢呼。

小岚睁开眼睛,好一会儿才适应过来看清眼前的情况。原来,他们身处在一个大约20平方米的房间里,再看看窗外,月到中天,已是半夜了。

小岚不想耽搁,她马上用牙去咬开绑着自己的绳子,眼睛看得见,解起来就顺利多了,不一会儿就替自己松了绑。之后,她急忙替利安解下蒙眼布,又解开了绑住他手脚的绳子。

"好啦,我们迈开成功的第一步了!"小岚高兴地说,"接下来,就是想法逃走了。"

利安打开窗子,往外一看,原来他们在一幢三层高的独立小楼里。他们身处三楼,离地面有十几米高,从窗口逃走的机会不大。

小岚打开门,朝外面看了看,小声说:"外面没人。他们刚才不是说要去睡觉吗?干脆,我们趁他们睡了,从门口走出去。"

利安表示赞成。于是,两人偷偷走出房间。

这里发生了绑架

月色很好,虽然外面没有亮灯,但仍可以看得比较清楚。房间外面有一条走廊,有楼梯可以走到楼下。

两人蹑手蹑脚走下楼梯,一层,两层,到了一楼大厅了。

大厅静悄悄的,没有人,想是安琦他们都睡着了。只要穿过大厅中央那组沙发,就可以走到大门处。

两人心里高兴,没想到这么顺利。他们手拉手,蹑手蹑脚穿过沙发,往门口走去。

突然,小岚的一条腿被人抱住了,她还没反应过来,就听到有人大喊:"有贼啊!快来抓贼!"

小岚被这高呼吓得心惊肉跳,她低头一看,抱住她的人竟是个一头白发、瘦得只剩下一副骨头的老婆婆。她坐在沙发上,用双手把小岚的腿抱住了。

小岚急了,想摆脱她,但又不敢使劲,因为对这个老态龙钟的婆婆来说,稍稍用劲都有可能伤害到她。利安见了,便过来帮忙掰开老人的手,偏偏那老人的手还蛮有劲儿的,就这样,他俩使劲儿又不敢,不使劲儿又掰不开,境地十分尴尬。

正在这时,电灯一亮,只见安琦和一个男人出现在面前,那男人手里拿着一支枪,对小岚和利安喝道:"不许动!"

利安赶紧用身体护住小岚:"你们想干什么?"

那男人用枪指了指沙发对面的两张椅子,喝道:"坐到那两张椅子上!"

利安和小岚互相看看,好汉不吃眼前亏,便乖乖地坐下了。

安琦跑过去,对老人家说:"奶奶,您半夜三更起来干什么?"

老婆婆挺神气地说:"你看我厉不厉害,抓到两个贼了!"

安琦说:"奶奶,您别误会,他们是我朋友呢!昨晚带他们回来时,您已经睡了,就没跟您说。"

老婆婆听了,忙问:"你们是琦儿的朋友?"

那老婆婆说话时,并没有向着小岚他们,而是脸朝着另一边。小岚这才发觉,她是视障人士。

小岚知道安琦不想让老婆婆担忧,忙说:"是呀是呀!"

老婆婆咧开没牙的嘴巴,呵呵地笑着:"我也挺纳闷的,怎么这两个贼这么斯文呢,其实刚才只要你们使使劲儿,就可以挣开我这个老太婆。原来是琦儿的朋友,怪不得!"

安琦说:"奶奶,您快去睡吧,我先扶您回房间。"

老婆婆一边走还一边扭过头来:"孩子们,你们也早点睡吧,明天起来,我给你们包饺子吃。"

安琦很快转回来了。她让那男人收起枪,然后走去拉开大门,对小岚和利安说:"你们走吧!"

小岚和利安听了十分讶异,反而坐着一动不动了。

"你疯了!你……"那男人也显得很吃惊。

"韦天青,我们做人不能恩将仇报!"安琦瞪了那男人一眼,又对小岚和利安说,"刚才,如果你们不顾我奶奶安危,拼命推开她的话,现在已经逃掉了。谢谢你们这么爱护我奶奶。你们走吧!"

小岚和利安互相看看,小岚说:"安琦,看你这么关爱老人家,我就知道其实你本性也是挺善良的。我想,你不惜以身犯险把我们绑架到这里,一定有很大的苦衷,或者你告诉我们真相,说不定我们可以帮你呢!"

"真的?"安琦又惊又喜,"你真的肯帮我忙?"

"当然!"小岚肯定地点了点头。

"那太好了!"安琦禁不住流下了眼泪,"我先给你们讲一个发生在十五年前的故事……"

第6章
安琦的故事

十五年前的一天，安琦的父亲、中国台湾考古学家安子洛告别了母亲和妻子，以及才五岁的女儿，踏上了前往非洲的旅程。

别看安子洛才三十五六岁，他研究世界历史已有二十年了，他特别醉心于所罗门时期的历史，对传说中的所罗门宝藏极感兴趣。根据对一些典籍的最新研究成果及掌握的信息，他相信所罗门宝藏就藏在非洲大陆南端、沙漠尽头的金刚山上。于是他便和好友韦至仁等，组成一支探险队，准备到那里寻找所罗门宝藏。

那时，安琦才五岁，还不知道别离之苦，只以为亲爱的父亲就像以往上班那样，一早出去，到晚上就会随着叮咚的门铃声，笑容满脸地出现在她面前，送给她一件玩具，或者抱起她，在她小脸上印上一个深深的吻。

"爸爸，您回来时，要给我讲好听的故事哦！"

"好，一定讲！"

"讲十个，不，一百个！"

"呵呵呵！好，好，爸爸回来就给你讲一百个故事！"

爸爸朝她挥了挥手，就走了。

一天过去了，两天过去了；一个月过去了，两个月过去了，却没见父亲回来。直到三个月以后，和父亲一同出发的韦至仁回到高雄，当他一脸悲伤地出现在安琦家里时，奶奶和妈妈崩溃了——父亲已遭不幸，他再也不能回来了。

原来，当时探险队在非洲经历了无数艰难险阻，他们越过号称"死亡之路"的大沙漠，穿过土著人聚居的每每部落，终于找到了藏有所罗门宝藏的月亮洞的位置。但是，他们被洞口那道石门挡住了，想了很多方法都无法开启它。正在这时发生了地震，地动山摇，安子洛和另一名队员不幸跌下山崖，壮志未酬身先死。待地震停止后，韦至仁和其他队员攀下山崖，想找回队友尸体，但这时候，他们被每每部落的土著人发现了。土著人一向视金刚山为"神山"，自己人都不许随便进入，更别说是外人了。几百个精壮男人手持武器围攻他们，探险队员们只好狼狈逃离那里。

父亲的去世，令安家遭受了毁灭性的打击，安琦的母亲患上了抑郁症，竟在两年后去世了。安琦的奶奶强忍着悲痛，一个人负起抚养安琦的担子。由于她太过思念儿子，每日以泪洗面，安琦中学毕业那年，她的眼睛失明了。

蓝月亮戒指

自小遭逢不幸，反倒培养出安琦坚强的性格，她很努力地读书，十八岁便拿到了硕士文凭，打工养活奶奶。但她一直有一个强烈的心愿，就是完成父亲的遗愿，找到所罗门宝藏。但每次她跟韦至仁叔叔谈起时，韦叔叔都只是摇头，说自从那次探险队进入之后，土著人就更严密地把守"神山"，不许任何外族人进入；而且即使能越过土著人的封锁进入金刚山，也无法打开月亮洞，要安琦别再想了。

安琦却不死心，她从韦叔叔送回来的父亲的行李中，发现了一本日记本，上面记载了父亲出事前的每日行程，安琦留意到，在他遇难前一天的日记中，提到了一枚蓝月亮宝石戒指。日记里讲到，根据一些典籍介绍，曾有人目睹天神用一枚蓝月亮宝石戒指，将月光折射到月亮洞的石门上，打开了石门。

不管真也好，假也好，这也许是进入月亮洞的唯一办法。从此，安琦就醉心于寻找蓝月亮戒指。为了达到目的，她找的工作都与旅游有关，都跟有钱人有关，她利用工作之便，四处打听"蓝月亮"的下落。

几年过去了，她多方打听，却一直没有打听到有关"蓝月亮"的任何消息，直到小岚上船，她无意中听到了利安和小岚之间的谈话，才知道这枚戒指落在古国乌莎努尔的深宫中，成了历代王妃的珍藏之宝。

于是，她设法绑架了小岚，谁知……

"原来是这样！"小岚听完安琦的故事，十分感叹，"安琦姐姐，你一定很爱你的父亲。"

泪水在安琦眼中打转，她哽咽地说："虽然我和父亲只相处了五年，但我想我这辈子都不会忘记他。我还清楚地记得他离开那天给我的承诺，他要给我讲一百个故事。但是，这已经是无法实现的事了……"

安琦再也说不下去了，泪水大滴大滴地落下来。她边擦眼泪，边拿出一个本子递给小岚："这就是我父亲的日记本。"

小岚接过本子，打开找到安子洛的最后一篇日记。里面记述了他在月亮洞前寻找入口的经过，其中提到，他在月亮洞的石门上发现了几个奇怪的文字，他还把字描了下来。

小岚吃惊地睁大了眼睛。那几个字有点眼熟……噢，天哪，很像父母留给她的那枚戒指上的几个怪字！

那枚戒指是不久前爸爸妈妈去乌莎努尔看她时，郑重地交给她的。当年他们在江边捡到她时，这戒指就用一条银链子穿着，戴在她脖子上。

因为牵涉到自己的身世秘密，小岚很细心地研究过这枚戒指。

好像也没什么特别，戒指是银做的，戒面是一块指头般大的圆形石，白色的，有点通透，好像是一块白玉。只是小岚有一天无意中看到戒指的背面，发现那里有几个字。这些字很古怪，小岚还是第一次见到。她特地去查了一本有关文字的书，里面收录了现今世界的所有文字，但竟然找不到跟那几个字相似的。小岚想，那大概是设计首饰的人随意弄上去的符号而已，于是就没再理会。

为什么这几个字会出现在月亮洞的石门上，是巧合？还是有什么关联？

也许，月亮洞里不但藏有宝藏，还藏着有关自己身世的秘密！小岚马上做了一个决定，去月亮洞弄个明白。

小岚拉着安琦的手说："安琦姐姐，你放心好了，我这就跟你一块儿去非洲，寻找所罗门宝藏！"

"真的？你真的肯跟我们去非洲？！"安琦十分惊喜，她一把抓住小岚的手，使劲摇晃着，"谢谢你，真的太谢谢你了！"

"那……"利安正想说什么，但被屋外一阵尖锐的警车声打断了。

安琦的脸马上变得惨白。

韦天青紧张地拿起枪，说："是警察找来了！"

小岚马上夺过他的枪,迅速塞到沙发下面,又小声说:"我们装作没事一样,坐着聊天。哈哈哈,这里的臭豆腐好好吃……"

话没说完,门"砰"一声被人撞开了,一帮荷枪实弹的警察冲了进来,用枪指着安琦和韦天青,大喊道:"不许动!"

接着晓晴带着晓星和妮娃也冲进来了,他们一见小岚和利安,马上扑了过来,大叫大嚷:"太好了,你们果然在这里!"

这时一个高个子警官走了过来,对小岚弯腰鞠了个躬:"小岚公主,我们保护来迟,令您受惊了!"

"公主?!"安琦和韦天青面面相觑,他们心想:这祸闯大了,原来自己绑架了一个公主!

高个子警官转头朝他们严肃地说:"你们已经犯了绑架罪,跟我们回警署,走!"

小岚急忙说:"什么绑架罪?嗨,你们搞错了!我是来安琦姐姐家作客的。"

这回轮到高个子警官发呆了,他不知为什么会出现如此戏剧性的变化。倒是晓星跑了过来,拉着小岚说:"小岚姐姐,你怎么啦!你明明……"

小岚马上打断他的话:"我是自己贪玩跑下船的。安琦

经理见了就下船追我,结果船开了没法回去,就到这里来了。"

晓星看着小岚,脸上满是不相信。

小岚对高个子警官说:"对不起,让你们白跑一趟!对不起对不起!"

见小岚一连说了那么多对不起,那警官倒有点不好意思起来:"噢,不要紧不要紧,您贵为乌莎努尔公主,我们保护您是应该的。您没事就好,要不我们警方难辞其咎!"

小岚笑着说:"贵地民风淳朴,我怎会有事呢?回国以后,我会好好地替贵地宣扬一番呢!"

警官笑得眯了眼:"谢谢,谢谢公主美言!"

小岚说:"好了,这里没事了,你们请回吧!"

警官点头说:"是,是!"

他又拿出一张名片,说:"我姓刘,叫刘鹰。您有事可以找我,我会第一时间赶到。"

晓星拿过名片,看看警官,又看看名片,问道:"请问你有个哥哥或弟弟叫刘鹏吗?"

刘鹰一听,惊讶地说:"你怎么知道?他是我哥哥,在中国香港做警察。"

晓星哈哈笑着,大力地捶了刘鹰一下:"刘鹏是我们老友呢!哈,我们跟你们兄弟真有缘!"

刘鹰也是自来熟，跟晓星你一捶我一捶的，两人很快成了好朋友。到刘鹰要走时，晓星竟舍不得呢！

当警察全部撤离时，一直没吭声的安琦和韦天青走到小岚面前。安琦惶恐地对小岚说："对不起，没想到您是乌莎努尔公主……"

小岚笑着说："嘿，不必介意，公主也是人一个！"

韦天青也感激地说："小岚公主，谢谢您大人大量，放我们一马。"

小岚还没回答，冷不防晓星一下跳到他们中间，喊道："哦——我知道了，原来你们真是一对雌雄大盗！小岚姐姐你好没原则，竟然为他们打掩护！"

安琦和韦天青听了十分尴尬。

晓星气呼呼地拿出手机："你们竟然胆敢绑架我的小岚姐姐，你们已经犯了法，小岚姐姐肯放过你，我也不肯！我马上打电话给刘警官……"

"你！"

小岚正不知如何是好，这时利安跑过去，把晓星的电话夺了下来。

小岚生气地说："晓星，别乱来，安琦姐姐是有苦衷的。"小岚把那个发生在十五年前的故事告诉了晓星他们。

晓晴和妮娃听得眼泪汪汪的,晓星虽然也有点动容,但还是嘀嘀咕咕的:"不管怎样,都不可以绑架我小岚姐姐呀!"

晓晴白了晓星一眼:"你呀,真是死心眼,法理不外乎人情,安琦姐姐够惨的啦,你还不原谅她!"

安琦叹了口气,对大家说:"其实晓星说得很对,不管什么理由,我都犯了法了。晓星,你放心好了,等我从非洲回来,会去警署自首的。"

韦天青也说:"对,我们一块儿去,我们每个人都要为自己做的事承担后果。"

晓星吁了一口气,说:"这才对呢!就由法庭来判别你们有罪没罪好了。"

大家无言,都知道晓星其实说得很对,但很快他们又热闹起来了。大家知道小岚已决定和安琦一块儿去寻找所罗门宝藏,都争着要跟去。

安琦提醒大家说:"大家要想清楚,我们并不是去玩。此行路上充满艰险,要闯过一个荒无人烟的大沙漠,要越过土著人的封锁线。即使到了金刚山,还要冒生命危险进入月亮洞……"

晓星和妮娃一开始就不依不饶地一定要去,他们觉得寻找所罗门宝藏一定很有趣。扰攘了好一会儿,最后还得由小岚一锤定音——妮娃太小,不能去;晓晴是女孩子(她好像忘了自己也是女孩子了),也不方便去;要找个人陪她们回国,晓星还小难担重任,这个任务就落到利安身上了。利安听了,眉头皱得紧紧的,一副心不甘情不愿的样子,他其实十分担心小岚的安危,很想陪她去闯月亮洞呢!只有晓星最高兴,他得意洋洋地向妮娃承诺,会从月亮洞带一件好玩的东西给她。

　　探险队名单终于确定了——小岚,安琦,晓星,韦天青。

第7章
夺命沙尘暴

　　一架小型飞机在沙漠上空飞行着,强烈的太阳光,让飞机在地面上投下了一个清晰的影子。

　　飞机上坐着探险队员们——小岚、安琦,还有利安和晓星。

　　咦,怎么是利安不是韦天青呢?利安受小岚所托,应该在护送晓晴和妮娃回国途中的呀。

　　原来天有不测风云,临行时,韦天青才发现护照过期,他虽然气得捶胸顿足但也于事无补。这事正中利安下怀,他联络了饶一茹帮忙护送两个女孩回乌莎努尔,自己就代替韦天青,跟小岚等一起向非洲进发。

　　也幸亏利安来了,要不,还真没办法在小镇上租到这架小型飞机呢!那个见利忘义的飞机出租公司老板,见小岚他们是外国人,便有意抬价,出了个令人咋舌的价钱,按安琦原来的预算,就是把回程旅费都搭上也不够给。幸好利安带有信用卡,他毫不犹豫地拿了钱交给那老板,才顺利租到了这架小型飞机。

　　他们要沿着当年安子洛探险队走过的路前往月亮洞,必须穿越一个叫做"死亡之路"的大沙漠。这个大沙漠天气酷热、寸草不生,靠双脚根本不可能走过去,所以这架小型飞机对于他们这次探险极为重要。

小岚起初还担心晓星又犯"飞机恐惧症",幸好他这回是乖乖上了机,只是扣安全带时,自我安慰地说了声:"从乌莎努尔去中国台湾都没事,这回也会一路平安的!"

一眼望不到边的荒漠上,除了那个忠实相随的飞机影子之外,就什么也没有了。晓星起初还蛮感兴趣地盯着影子看,时间一长也就意兴索然了,竟靠着座椅呼呼大睡起来。小岚和利安则很感兴趣地看着安琦驾驶飞机,问这问那的。小岚说:"安琦姐姐,你真厉害,连开飞机都会!"

安琦说:"为了完成父亲心愿,这么多年我一直在为今天做准备,这驾驶技术,也是准备之一。"

小岚用钦佩的目光看着安琦,说:"有你这么一个女儿,我想安伯伯在天之灵也感到欣慰了。"

安琦说:"从我懂事那天起,我就已经决定穷尽自己一生,去完成父亲未竟的事业。"

晓星不知什么时候睁开了眼睛,他突然大喊一声:"那影子呢?"

地上的影子果然不见了,原来太阳不知什么时候已经躲了起来,再看看四周,天渐渐转暗,还刮起风来。

安琦观察了一下外面的情况,脸色有点变了。

蓝月亮戒指

小岚察言观色，知道可能会出事，便问："安琦姐姐，有问题吗？"

安琦点点头："情况不好！沙尘暴要来了。"

利安吓了一跳，急忙问："我们可以赶在沙尘暴到来之前，到达目的地吗？"

像是要回答利安的问题似的，飞机外面霎时天昏地暗，风刮起漫天沙尘，天和地好像都变成了黄色。

安琦虽然早已有思想准备，有可能在沙漠上遇到沙尘暴，但见到真正的沙尘暴时，仍然被它的威力吓坏了。偏偏晓星又哇哇叫起来："安琦姐姐，是不是要坠机？！"

"大家镇静点！"利安一手拉住小岚，一手拉住晓星，又对安琦说，"安琦，控制好飞机，然后赶快着陆。"

安琦大声"嗯"了一声。但这时风越来越大了，它仿佛变成了一个张牙舞爪的狂魔，扯下飞机天线，拽开引擎，更把沙尘和石砾覆上了机身。飞机开始摇摇晃晃，幸好安琦仍能保持镇定，让飞机强行降落了。

大家松了一口气，但正在这时，一阵强风吹来，把飞机刮了个四脚朝天。

飞机里一阵混乱，碰撞声，惊叫声，人仰马翻。

利安首先爬起身来，他顾不得察看自己有没有受伤，马上喊道："小岚，晓星，安琪！你们没事吧？"

他一把拉起身旁的小岚，小岚身子软软的，利安吓得手抖了起来，不住地大叫着："小岚，小岚！"

幸好小岚只是一时被撞得昏头昏脑，被利安一喊，她就缓缓睁开了眼睛。利安一见，竟激动得一把将她搂在怀里："小岚，你没事吧！没事就好，你把我吓坏了！"

这时，晓星和安琪也爬起来了。安琪说："飞机受到猛烈撞击后容易发生爆炸，大家快跑！"

于是大家赶紧爬出飞机。安琪急忙中摸到了一瓶蒸馏水，就拿着它跑出来了。

四个人一钻出机舱，便开始拼命奔跑，因为是逆风，他们跑得很慢，当他们跑离飞机几十米远时，飞机"轰"的一声爆炸了，爆炸的力量把他们推倒在地上，飞机的碎片落了一地。

再回头时，见到飞机已炸得四分五裂，火和烟被风吹得四处乱窜，大家都吓呆了。晓星惊吓地张大嘴巴，好一会儿才说了一句话："我们差点变烧猪了。"

苦难才刚刚开始，沙尘暴仍没有停的意思，风挟着沙子，使劲地往他们嘴里鼻孔里灌，利安困难地四处张望，见到附近有一块大石头，便拉着大家走到大石头后面暂避。

那块石头刚好有个凹位，四个人缩在里面，挤成一团，利安还脱了外衣，分别由他和晓星抓住，挡着疯狂扑来的沙子。沙子刮在衣服上发出沙沙的响声，晓星开始时还觉得蛮好玩的，嘻嘻哈哈地笑着、说着，但过了一会儿就知道风沙的厉害了，他只要一张开嘴，沙子就跑进他的嘴里，弄得他不敢再说话了。

沙尘暴又肆虐了近半个小时，才停了下来。四个人从大石头后面钻出来，大家身上又是沙又是土，显得怪模怪样的。

小岚和安琦拨弄着头发，想把满头沙子甩掉。利安忙着低头察看那件用来挡风的衬衣，风把一只袖子扯断了，衣服下摆也撕裂了。尽管衣服破成这样，但总比没衣服穿好，所以利安仍穿上了。

"呸！呸！呸！"晓星正在很努力地把嘴里的沙子吐出来，偶然一回头，见到利安衣着古怪，立即大声咋呼起来："哈哈，利安哥哥真像个乞丐！"

小岚和安琦一看，也忍不住哈哈大笑起来。

可是，他们很快就笑不出来了，因为他们陷入了困境。他们的交通工具没有了，只能靠双脚走出沙漠；行走沙漠最需要的粮食和水，就只有安琦小背囊里的一袋饼干，还有她逃出飞机时带出的一瓶蒸馏水。

沙漠的天气说变就变，沙尘暴刚过，太阳又高挂

天上,沙漠被太阳一晒,热气上升,马上又变得热辣辣的。

"好热啊!好热啊!"晓星大声叫嚷着,像小狗一样伸出舌头,大声喘气,"安琦姐姐,可以喝点水吗?"

安琦拿出那仅有的蒸馏水,说:"只能每人喝一小口,我们还不知道要在这里待上多久呢!"

大家虽然都渴得口干舌燥,但都很自觉地只用水湿了湿嘴唇。

接下来,就是商量下一步该怎样走了。走回头路,还是向前走?

安琦说:"按照飞行时间推算,我们已走了四分之三的路了。"

晓星想也没想就说:"那我们朝目的地走吧!"

安琦皱着眉头说:"虽然只剩下四分之一的路,但在缺粮缺水的情况下,也很难走下去呢!除非能够找到水源。"

利安说:"但是,我们往回走的路更长,也就更危险。"

小岚说:"这样吧,我们还是往前走好了。"

利安和晓星都附和说:"是呀,我们不能半途而废。"

安琦感动地看着她的朋友们,说:"谢谢你们!"

第8章
荒漠历险

荒漠上,四个人在艰难地走着,路上留下了一串长长的、深深的脚印。晓星开始时还不时说笑话逗乐,但后来就再没吭声了。

突然,利安发现小岚走起路来一拐一拐的,他不禁惊讶地问:"小岚,你的脚……"

小岚赶快紧走几步,还摇着头说:"没事没事!"但她马上又"哎哟"一声,痛得蹲了下去。

利安不由分说撩起她的裤腿,不禁"啊"了一声,原来小岚的小腿上,有一处几寸长的伤口,还往外渗着血。大家一见,马上围了上来。

"小岚姐姐,你的腿受伤了,你怎么不早说?"晓星蹲下来,不安地看着小岚的伤处,"是什么时候受伤的?"

"我也不知道,大概是飞机爆炸时弄伤的。"小岚拉下裤腿,满不在乎地说,"嘿,不就是擦了一下吗,没什么大不了!"说着就要继续走。

利安一把拉住她,生气地说:"你给我坐下!"

他"嚓"一下,把那只仅存的袖子撕了下来,给小岚包

好伤口,然后扶她起来,说:"从现在起,我就是你的拐杖,我扶你走。"

晓星说:"小岚姐姐,我也要做你的拐杖。利安哥哥扶累了,就轮到我!"

小岚说道:"不用了,不就是一点点伤嘛,就成了伤兵了?!"

她嘴里虽然抗拒,但最后还是顺从地让利安扶着她。说实话,那伤口每走一步都好痛好痛。

太阳热辣辣地照着,地上的沙子变得滚烫滚烫的,晓星一边走一边哇哇叫:"妈呀,我的脚要变成'铁板烧'了。"

上面晒,下面烫,那种滋味实在难受,大家很快就累得走不动了,利安找了个地方,让大家坐下休息。

晓星用舌头舔了舔干裂的嘴唇,有气无力地问道:"安琦姐姐,还有水吗?"

安琦拿出那瓶蒸馏水,说:"只有小半瓶了,要省着喝。"

晓星拿过水,抿了一小口,又递给小岚。小岚因为脚伤,显得特别疲倦,她勉强笑了笑,拿过瓶子,喝了一小口,就交给安琦。就这样轮了一圈之后,那瓶水只剩下一点点了。

安琦又拿出饼干,每人给两块。自从早上临起飞时吃了早餐,大家就一直没有进食,但他们都觉得没有什么胃口,只是为了有力气走路,才把饼干硬啃下去。

幸好到了四五点钟的时候,太阳的威力渐渐减弱,于是,大家趁着天气没那么酷热,又起程了。

小岚走了一会儿就再也走不动了,她的腿软软的,一步也没法挪。利安见了,要背她走,但小岚知道在沙漠上走路,单身一人已很辛苦,更别说要背着一个人了,所以怎么也不肯让利安背她。利安和安琦商量了一下,决定先停下休息。

安琦说:"大家抓紧时间睡一会儿,到半夜时,天气会凉快一点,我们再起行。"

利安扶小岚坐下,小岚靠在一块石头上,看起来十分虚弱的样子。安琦见她脸色发红,开始还以为是太阳晒的,但越来越发现不对劲了,便伸出手,轻轻触摸她的额头。安琦马上"哎呀"叫了一声:"小岚,你发烧呢!"

利安听了,急忙伸手去摸小岚的额头,随即喊了起来:"啊,好烫!小岚,你怎么发烧都不吭声?天哪,你竟然带病走了那么长的路!"

利安又生气又着急。

晓星也着急地说:"小岚姐姐,你一定很辛苦了,都怪我,要是我一早就背你走路,你就不会生病了。"

"没事……"小岚很想说些令众人宽慰的话,但她已经连说话的力气都没有了,眼睛一闭,就昏昏沉沉地睡着了。

晓星吓坏了,他哭着叫道:"小岚姐姐,你不要死呀!"

安琦掏出那瓶水,把仅余的一点点水倒进小岚的嘴里,她摸了摸小岚的脉搏,说:"得赶快给小岚找医生。"

利安急得团团转,他说:"这茫茫大沙漠,上哪儿去找医生啊?"

"我们赶快走出沙漠,请土著人施援手。也许他们有些土方法可以治小岚的病。"安琦说。

晓星说:"土著人这么野蛮,他们不会救小岚姐姐的。"

"不管怎样我们也要试试,这是唯一的办法。"安琦说完,瞄了瞄那个蒸馏水空瓶子,又担忧地说:"但是,我们还不知道能不能走出这地方,在沙漠里没有水,就等于没有生存机会……"

利安说:"那我们别休息了,连夜赶路吧。对小岚来说,时间就是生命!"

利安说完,把小岚背起就走。

"嗯……"小岚勉强睁开了眼睛,呻吟了一下,就不再出声了。

他们又在沙漠上艰难地走了起来。沙漠上仍然十分热,但没有阳光照射,情况已好多了,这让他们的步伐比白天快了点。

利安走了一会儿就显得力不从心了。唉,这个首相家的大少爷,自出世就养尊处优,什么时候受过这样的苦?但是,背上小岚的每一下呻吟,都刺痛着他的心,使他咬紧牙关,迈出一步又一步。他要走出沙漠,让小岚得到救治。

安琦和晓星见了,都过来要替他背一会儿,但利安总是摇头。怎可以把这重负搁到他们身上呢!

脚下起了泡,他每走一步都钻心的痛,头上的汗水,一滴一滴往下淌。

小岚在迷糊中也察觉到了利安为她的付出,两行泪水从她脸上缓缓地流了下来。

走呀走呀,就这样走了一夜,到东方微露晨曦时,利安再也走不动了,他刚把小岚放到地上,自己就腿一软,瘫倒在地。晓星和安琦也倒在利安身旁,筋疲力尽。

看着没有尽头的茫茫大沙漠,利安、晓星、安琦,都已经感觉到了死亡的威胁,死神仿佛正向他们步步

接近。

小岚处在半昏迷中。她不停地做噩梦,一会儿梦见自己从摩天大厦上掉下来,千钧一发之际万卡在半空中救了她;一会儿又梦见自己在一个不时有鬼魅出没的地方迷了路,正在惊惶时,利安跑来带她走出黑暗……梦境中利安和万卡交替出现着,一次又一次地把她从水深火热之中救出来。

她又梦见万卡了。听,万卡在叫她的名字呢:"小岚!小岚!小岚!"声音好真切,好真实,充满关爱,充满焦虑……

小岚心里很想说:"我在这里,你别着急,别着急!"但她干涩的喉咙发不出一点声音,她急得睁大了双眼……

她看到了万卡那张焦急的脸!

"小岚,你醒了?太好了,太好了!"万卡激动得眼含泪水。

小岚迷惘的目光在万卡脸上打转,是做梦吗?梦竟然这样真切。

"小岚姐姐,万卡哥哥救我们来了!小岚姐姐,我们有救了!"又出现了晓星的脸,他抓起小岚一只手,使劲摇晃着。

小岚又看见了利安和安琦的脸,利安开心地喊道:"小岚,万卡驾着飞机在沙漠上找到了我们。"

蓝月亮戒指

小岚苍白的脸上绽开了笑容,但随即又疲惫地合上了眼睛。

并不是梦,真的是万卡孤身驾着一架飞机,从乌莎努尔飞来寻找他们了!机上有充足的水和粮食,还有各种备用药物,令被困沙漠的探险队员们不再受饥渴和疾病的威胁。

万卡把小岚抱上飞机,小心安置在一张帆布床上,又迅速替她检查。

安琦担心地问:"小岚没事吧?她为什么发烧?"

万卡说:"她是伤口感染,以至发烧。我现在就给她打针吃药,很快会没事的。你们放心好了。"

晓星惊讶地问:"万卡哥哥,你原来还是个医生呢!"

万卡一边准备针药一边说:"我有医科文凭的,只是父亲……噢,就是莱尔首相,他希望我负责宫廷保卫工作,我才放弃了做医生。"

利安此时已缓过气来,他拍拍万卡的肩膀,说:"老弟,幸好你及时赶到,要不小岚真没法熬到走出沙漠。"

小岚一直迷迷糊糊的,眼睛半开半闭,万卡给她打了针,又把她扶起来喂了药,然后让她躺下。不一会儿,小岚的呼吸明显平稳了,之后便熟睡起来。

众人见了，才都放下心来。这时候，利安才顾得上问万卡："好小子，你来得真及时，你是千里眼顺风耳吗？怎么知道我们出了事？"

万卡笑笑说："晓晴和妮娃回去以后，把你们的计划和行踪告诉了我，我实在不放心你们，就马上开飞机找来了。到小镇加油时，又知道刚发生了沙尘暴，所以急忙驾机进入沙漠地带，寻找你们的踪迹。谢天谢地，幸亏你们都没事。"

晓星正在大口大口地喝着蒸馏水，他大声说："万卡哥哥，你真是小岚姐姐的救命恩人哪，上次在中国香港是你救了她一命，这次又是你救她，万卡哥哥，你真应该跟小岚姐姐结婚！"

万卡听了抿嘴笑笑，利安却狠狠瞪了晓星一眼："你这小人精，人家结不结婚，关你什么事！"

安琦一直没说话，她有点紧张，也许是因为平生第一次接触一位国王吧。这时她说："万卡先生，真对不起，是我令你的几位朋友差点没命。"

"你别责怪自己。来这里，是他们自己的选择，不能怪谁。"万卡善意地说，"其实晓晴和妮娃已把你的事告诉我了，我也很佩服你要完成父亲遗愿的那种执著，我这次来，也是希望能助上一臂之力。"

安琦高兴得一时说不出话来,她万万没想到,堂堂乌莎努尔国王,竟然肯帮助一个素昧平生的平民女子,她感动极了。她当然不会知道,这除了万卡本身乐于助人外,还因小岚要帮助安琦达成心愿。爱屋及乌,万卡一定义不容辞了。

除了晓星的"结婚说"令利安吃了一会儿醋之外,飞机里是一片开心气氛,尤其是晓星,他把飞机上的丰盛食物每样都尝了一点,把肚子撑得胀鼓鼓的。安琦也没了刚开始时那种拘谨,和万卡谈得颇为投机。知识面已算很广的她,发现万卡胜自己一筹呢!

按万卡估计,这里离沙漠边缘已不远了,只需二十多分钟的飞行时间。他建议大家先休息一下再起飞,因为一出沙漠,就随时会碰上土著人,得养足精神准备对付他们。

利安和安琦都很赞成。晓星呢?他吃饱喝足之后,早就呼呼大睡了。

当飞机里的人都入睡之后,万卡走到小岚身边,他轻轻地把小岚一只耷拉在床边的手拿起,想放回床上。他突然发现,原来小岚的左手背和手指上也伤了七八道小小的口子,上面凝着血渍。

万卡赶忙拿来药箱,替她洗了伤口,涂了药。想了想,怕她接触细菌受感染,干脆用纱布替她把左手包了起来。

万卡用关切的眼神凝视着小岚的脸。才几天时间,她好像已经瘦了一圈,那张秀气的瓜子脸变得更尖了,只是脸上那种美丽和倔强丝毫不减。此刻,她好像知道已经脱离险境,睡得十分安详,大概做了个好梦,她笑了起来,脸颊上两个酒窝也随即抖动了几下。

万卡真想亲她一下,但不知怎的,心马上怦怦乱跳起来,好像做了亏心事一样。正在这时,有人从后面扯了一下他的胳膊,把他吓了一大跳。

原来是晓星。

万卡松了口气,他问道:"你怎么不再睡一会儿?"

晓星说:"我惦挂着小岚姐姐呢!她好点没有?"

万卡伸手摸摸小岚的额头,高兴地说:"没事了,退烧了!"

也许他的声音大了点,小岚睁开了眼睛。她的目光落到万卡脸上,马上露出惊喜的神情:"真的是你!原来我刚才不是做梦。"

万卡不知怎的突然脸红了,他笑了笑,说:"对不起,把你吵醒了。"

"不,我应该睡了很久了吧?迷迷糊糊的时候,我好像听说你驾了一架飞机来救我们。"

小岚要起身,万卡忙帮她把那张两用的帆布床拉高,成为一张安乐椅。

万卡还没来得及说话，晓星就叽里呱啦地说开了，把万卡驾机前来救他们的事一一说出。

小岚听了，调皮地伸了伸舌头："糟糕，那我又多欠你一次了。什么时候给机会我救你一次，让我少欠你一点。"

晓星笑着说："小岚姐姐，你跟万卡哥哥恋爱吧，当是还债。万卡哥哥喜欢你！"

"去你的！"小岚伸手要打晓星。

晓星嘻嘻笑着，躲到了万卡背后。

这时安琦和利安都醒了。利安揉着眼睛，说："你们嚷嚷什么呀！"

一看到小岚醒了，还挺精神的样子，利安高兴地叫了起来："小岚，你没事了？"

安琦也开心地说："小岚，你看上去精神不错。"

小岚笑道："谢谢你们的关心！我感觉好多了。万卡的医术这么高明，他真不应该做国王，应该做医生才对！"

她又对利安说："我也得谢谢你！你一路上背着我，真辛苦你了。"

利安笑道："只要你没事，我再辛苦也值得。"

第9章
所罗门宝藏

到底是活力充沛的年轻人，休息了一段时间之后，大家都恢复了体力。小岚虽然脸色仍不大好，但身体已没问题了。万卡打开她腿上的纱布，又给她换了一次药。

大家这时才发现小岚的左手也缠上了纱布，安琦关心地问："咦，你的左手也受伤了？"

"哈哈，我真成了伤兵了！"小岚很有兴趣地看着被纱布缠得严严实实的左手，"咦，戒指也包起来了！也好，省得有人见了起歹心。"

安琦听了有点不好意思。

小岚见了，忙笑道："噢，我说错话了。安琦姐姐，你的可不是歹心，是孝心，你是因为要完成父亲的遗愿才打我戒指的主意的。"

安琦刚要说什么，这时万卡捧了一个纸箱过来，说道："大家来吃点东西，吃饱就起飞了。"

"噢，开饭啰！"晓星对"吃"向来表现积极，他连忙围了过来，在箱子里找好吃的。

蓝月亮戒指

万卡带来的食物十分丰盛,大家像开派对一样,饱餐了一顿。万卡看看手表,说:"现在是清晨五点,我们马上起飞,趁天还没亮时降落,这样才不容易被土著人发现。"

飞机顺利升空,也幸亏万卡在茫茫沙海中找到了一块勉强能供飞机升降的地面,这令他昨天顺利降落,今天顺利起飞。

万卡坐在驾驶室里,他一边注视前面情况,一边对大家说:"如无意外,飞机应在半小时后飞出沙漠。"

大家聊起天来,话题都围绕着所罗门宝藏。

万卡问安琦:"有关所罗门宝藏的事,我也听说过,多少年来许多人在世界各地寻找,都没能找到,你有把握它真的藏在金刚山月亮洞里吗?"

安琦说:"我也不敢肯定,但我父亲一生都在寻找这个所罗门宝藏,对它很有研究,我想他不会无凭无据千里迢迢来到这里的。"

晓星插嘴说:"万卡哥哥,你也知道所罗门宝藏?所罗门是一个人吗?他很有钱吗?"

万卡说:"所罗门是三千年前一个很了不起的国王,相传他的财富与智慧都是天下第一的。他生前积下数不清的金银财宝。公元前十世纪的时候,所罗门修建了一座非常雄伟壮观的神殿,据说他把所有金银财宝全部藏在神殿的地下室里，人们称之为所罗门宝藏。"

晓星点点头："啊，原来如此！"

万卡说："令许多人关注的还有神殿圣堂里的一个金约柜。它用皂荚木造成，里外都包上精金，两侧有一对展翅欲飞的天使。相传这金约柜里放有耶和华的训谕，是世间罕有的宝物，一般人是不可以进圣堂看一眼的，只有最高祭司长每年可进去一次。"

"啊！太神秘了，要是我有机会看看就好了！"晓星眼睛睁得大大的。

万卡继续说："所罗门死后，所有人都对他的宝藏虎视眈眈。从公元前四世纪起，马其顿、托勒密、塞琉古诸王国都花了很大精力，千方百计寻找所罗门的财宝，但毫无结果。所罗门的所有财富，连同那著名的金约柜，全部不翼而飞了。公元一至二世纪，罗马帝国占领时期，也千方百计寻找过，仍然一无所获。十一至十三世纪，基督教到处寻找财宝和金约柜，也以失望告终。"

晓星笑嘻嘻地说："有趣有趣，所罗门王是三千年前的人，那就是说，人们寻找这宝藏足足几千年了。把东西藏起来，让人几千年都找不到，这所罗门王，可真会玩躲猫猫游戏啊！"

小岚说："有关传说我在书上也看到过。有些专家学者

认为,所罗门宝藏可能藏在亚伯拉罕巨石底下的暗洞里。亚伯拉罕巨石是一块长17.7米、宽13.5米的花岗石,高出地面1.2米,由大理石支撑着。下面的岩堂有30米高,在岩堂里有洞穴,完全可以容纳所罗门宝藏。有几个英国冒险家知道了学者们的看法后,便去寻找。他们买通了岩堂的护卫,每天黑夜都摸进岩堂挖掘,白天就将洞口伪装。就这样一连挖了七天,但都没发现什么。后来,他们的行径被人发现了,他们只好放弃挖掘,逃之夭夭。"

晓星说:"咦,小岚姐姐,你也知道这些故事?"

小岚还没回答,利安就插嘴说:"我也知道一点。后来又有人传说珍宝藏在约亚暗道里。约亚暗道是所罗门的父亲大卫发现的一条秘密通道,这条通道可以从城外通到城里。据说这通道还和所罗门圣殿相连。1930年,美国人理查德•哈利巴顿和摩埃•斯蒂文森就曾潜入暗道寻找过约柜和宝藏。他们在约亚暗道里发现有一处土质不同的地方,并看见好像有一条秘密地道,地道里有被沙土覆盖的阶梯。他们十分高兴,马上把沙土挖开。可是阶梯上的流沙却越挖越多,甚至连地道也几乎被堵塞。没办法,他们两人急忙退出地道,寻找宝藏的计划又告失败。"

晓星看着利安,话音中有点酸溜溜的:"利安哥哥,怎么你也知道呀?"

这时候安琦说话了:"后来又有些学者查找历史资料,发现所罗门在位时经常派船只出海,每次回来都满载着黄金,因此他们推测,所罗门把宝藏藏在某个海岛上,用船载回的黄金应是从那海岛上取回来的。但是千千万万个海岛中,究竟哪个才是藏宝之地呢?于是,许多人又纷纷转投一些岛屿寻找所罗门宝藏了。1568年的一天,西班牙航海家明达尼亚在南太平洋上发现了一座岛屿,见到岛上的土著居民身上戴着许多金光闪闪的饰物,他不禁联想起有关所罗门宝藏的传说,心想莫非这就是藏有所罗门宝藏的岛屿?他把那个岛取名为所罗门群岛,又将在岛上所见公之于众。人们知道后,又涌去所罗门群岛探查,但最后证实并没有想象中的藏金窟。"

晓星嘟着嘴说:"原来你们都知道所罗门宝藏的传说,就我不知道,我真孤陋寡闻。"

万卡笑着说:"你现在不也知道了吗!我也是小时候听大人讲的。"

晓星这才又高兴起来,他兴致勃勃地说:"几千年都没有人找到,要是让我们找到了,那才了不起呢!史册上将会记载着:公元2008年,伟大的探险家周晓星、马小岚、万卡、利安、安琦,于金刚山月亮洞发现所罗门宝藏……"

看着晓星得意的样子,大家都忍不住笑了起来。

万卡看看飞机上的仪表,宣布说:"大家注意,飞机还有五分钟就要降落了,大家请坐好,系好安全带。"

大家听了都很兴奋,马上转头朝窗外望,但外面黑咕隆咚的,什么都看不见。

飞机开始降落了,大家都有点紧张,因为降落的地方很接近土著部落,那些土著人可是一点不欢迎他们到来的呀!

启动了消音系统的飞机,悄然无声地降落在地上。待飞机停定后,一行五人跳下飞机,他们终于脚踏"实地"了——脚下不再是松软的沙子。

晓星开心得在地上跳来跳去,其他人也都很享受脚下这坚实的感觉,在沙漠里折腾了几天,经历坠机、沙尘暴、酷热、缺水缺粮,大家对沙漠都心有余悸。

万卡从飞机上拿了些饮用水和干粮,对大家说:"来,我们每人都背一点。"

大家都过来把东西往自己背囊里塞,小岚也拿起一瓶水准备放进背囊。利安和万卡一见,一起伸手去抢那瓶水,又异口同声地说:"我替你背!"

利安和万卡的手,还有小岚拿水的手都停在半空,利安和万卡互相看看,不禁有点尴尬。

晓星嬉皮笑脸地看看万卡,又看看利安,伸手接过小岚手上那瓶水,说:"这瓶水可不能掰开两半,为表公允,还是由我来替小岚姐姐背好了！"

安琦忍不住"扑哧"一声笑了。

一行五人起行了。

安琦说："按韦叔叔提供的地图，往前再走一千米，便是金刚山，而月亮洞就位于金刚山山腰的地方。"

小岚很兴奋，她搂着安琦，说："安琦姐姐，我们成功在望了。"

"是呀！"安琦说，"但很快我们就会碰到另一个大障碍，土著人部落就在金刚山下，要躲过他们，也不容易呢！"

利安提出疑问："这个土著部落在这里很久了吗？现在世界上的土著人绝大多数都开始接受现代文明了，一些土著人还进入政府部门任职，但为什么这里的土著人仍这样封闭落后，竟然还拒绝和外界接触？"

"可能是由于这地方一直不隶属任何国家，是个三不管地带吧！"安琦说，"据说本来邻近有国家打算接收这些土著人，接他们离开这里，去现代社会生活，但他们死活不肯，甚至拒绝对话。他们决意世世代代守着他们心目中的神山——金刚山。"

小岚说："他们为什么这样固执地认为这是一座神山呢？"

"我从父亲的日记中知道，相传他们的祖先曾亲眼目睹仙人从天而降，落到金刚山上。所以他们便认定金刚山是神山，从此不但不许外人上去，连他们自己，也不能随便进入。山腰以上，那更是他们心中的圣地，绝不能踏进一步。"

利安和小岚、安琦三个人一路谈论着，晓星一会儿走来好奇地听着他们说话，一会儿又跑到前面，和在前面开路的万卡说这说那。不知不觉，金刚山已在望了。

"晓星呢？"小岚突然发现晓星不见了，她向前面的万卡叫道，"万卡，你有没有看见晓星？"

万卡停住脚步，吃惊地说："他不是跟你们在一起吗？"

看看四周，根本没有晓星的影子，大家都慌了。安琦说："我们要赶快找到晓星。这里接近土著人部落，我怕晓星乱跑，被土著人捉去就糟糕啦！"

听安琦这样说，大家更加紧张了，忙分头寻找。一会儿，他们回到了集合地点，大家都神情沮丧，都没找到晓星呢！

糟了，晓星究竟去哪里了呢？大家正在着急，突然听到不远处有脚步声传来。万卡马上说："我们躲躲，提防是土著人！"

蓝月亮戒指

大家马上躲到路旁一块大石头后面。声音是从前面路上传来的,但面前刚好有个很大的坡,所以那坡下面的路上有什么东西他们是没法看到的。大家都紧张地盯着坡顶,只见露出了一头黑发,额头,眼睛……啊,原来是晓星!他手里抱着一个大牌子,脸上笑嘻嘻的。

大家这才松了一口气。小岚首先冲了出去,一把拉住晓星,生气地说:"你这小坏蛋,可把我们吓死了!还以为你被土著人抓走了呢!"

晓星嬉皮笑脸的:"对不起,我不留神走远了。有收获呢!我找到了这东西,上面有些怪字,说不定是讲所罗门宝藏秘密的!"

晓星得意地向哥哥姐姐们展示他的"战利品",大家这才留神去看那牌子,原来是树皮做的,上面写着几个弯弯绕绕的字。

安琦突然大叫一声:"糟了!"

大家吓了一跳,都睁大眼睛看着她。安琦指着牌子说:"这东西叫'辟邪',相当于中国人的平安符。土著人拿着它向天祷告,请天神保佑,把力量注入'辟邪',然后把它放在路上,表示妖魔鬼怪从此不能进来。土著人迷信,所以这'辟邪'对他们来说很重要,部落里连三岁孩童都知道,这东西不可以碰。现在晓星把它拿走了,土著人一定十分震怒，我们有麻烦了。"

"啊！"晓星呆住了。

"那我们赶快把它送回原处吧！"万卡接过晓星手上的树皮牌子，问晓星，"这东西原先放在哪里的？你马上带我去！"

晓星刚要回答，小岚突然"嘘"了一下，小声说："你们听听，这是什么声音？"

果然，有声音由远而近，那是一阵阵叫喊声："嘿嘿嘿嘿！嘿嘿嘿嘿！……"

"土著人！"安琦的脸色大变。

晓星马上说："我们赶快跑吧！"

安琦说："没用的，他们是个善跑的民族，不管你跑得多快，他们都会追上你。"

大家面面相觑。

第10章
木笼子里的大使

"嘿嘿嘿嘿"的声音越来越近,听得出来,那是一群粗壮男性带野性的叫喊。万卡见情况严峻,急忙把小岚等人拉到身后,自己站到前面,静观其变。

刚才晓星回来的小土坡,慢慢露出许多脑袋,有大队人马朝他们来了。

气氛十分紧张。只有晓星不知利害,伸长脖子好奇地看着。

二十多个强壮的土著男人把小岚他们围了一圈,他们的打扮十分奇特:黝黑的脸上、手上、脚上,反正裸露出来的地方都画了许多绿色的横条,就像斑马身上的条纹一样;身上穿着兽皮缝的背心和短裙,头上戴着用草编织的头冠,颇似《西游记》中孙悟空的打扮。

土著人把手里各种奇形怪状的"武器"指向入侵者,几十双眼睛恶狠狠地瞪着他们。

带头的一个土著人把手一挥,"嘿嘿嘿嘿"的声音戛然而止。这人比其他土著人起码高出一个头,虎背熊腰,眼睛滚圆,在地上一站,就像一座黑铁塔。他的打扮跟其他人也有点不同，头冠上除了草之外，还插了一根羽毛。

"奈奈！"中年人指指自己的鼻子，粗声粗气地说。

"我知道我知道，他给我们介绍自己，他说他叫奈奈。"晓星抢着作说明，还得意洋洋地说，"看来和土著人沟通也不太难，我也可以当翻译了。"

中年人又用手指指地面，指指天空，说："＠＃％＆＆％＃！"

小岚问晓星："他现在说什么？"

晓星眨巴着眼睛，傻了。

安琦一边仔细听着，一边翻译说："他谴责我们入侵他们的领土……亵渎了神灵……"

小岚说："那你快跟他们说，我们没恶意……"

安琦哇里哇啦地说了起来，土著人听完，仍然用充满敌意的眼神看着他们。

利安说："他们好像听不明白呢！"

安琦为难地说："也许我发音不够准确吧，每每部落的语言，挺难学的。"

万卡对安琦说："你再跟他们说一遍，说慢点，让他们有个思考的时间。"

安琦又说了一遍。那奈奈这回点了一两下头，这让大家有了希望，兴许他听懂了吧。但当安琦说完后，奈奈把手中

的木棒一挥,几十个土著人竟呼啦一下涌了过来,把小岚一行人抓住,就要抓回部落去。

起初大家都试图挣扎,但发现一点用都没有,土著人的手筒直像铁钳一样,即使学过功夫的万卡,也被抓得无法动弹。晓星哇哇大叫着,死赖着不肯走,结果五六个土著人一把将他举起,把他托走了。

事情真糟糕透了。万卡忧心忡忡地看了看大家,惹怒了这些土著人,又沟通困难,真不知结果会是怎样呢?他不由得扭头看看身后被两个强壮的土著人挟着,几乎是双脚离地的小岚,见她毫无惧色,他才稍为放宽了心。他想,要是小岚和其他人有危险,自己就是舍了这条命,也要保护他们。

土著人把他们五个人关进一个搁在露天的木笼子里。

晓星一路上都哇哇大叫着,被关进笼子后,反而一声不响,只是坐着发呆。一会儿,他扯扯万卡的衣袖,问道:"我看过许多历险小说,里面有些土著人很恐怖,还会吃人,那些都是真的吗?"

万卡安慰他说:"那都是小说家们胡诌的,不信你问问小岚。"

小岚笑着说:"是呀,你别净往坏处想,说不定你这回会结识到一个土著小美女,郎才女貌,有情人终成美眷……"

晓星撅着嘴说:"小岚姐姐,你还笑人家!"

安琦突然哭了起来,她说:"真对不起,是我连累了你们……"

"我们是朋友呀,朋友就不会互相埋怨。"小岚搂着她的肩膀,说,"我们决定跟你来这里时,就已经有了思想准备要冒风险。现在情况并不是很坏呀!你看,碰到土著人,被关进木笼子,挺有趣的经历呢!这下子呀,我有很多故事可以写啦!我看最理想的结局是……有个小美女来了,跟晓星交上了朋友,小美女灌醉了看守的土著人,把木笼子打开了,趁黑夜带我们逃走……"

晓星嘟着嘴说:"小岚姐姐,你又笑我了,你怎么不说是小美女看中了万卡哥哥或者利安哥哥呢!"

小岚笑嘻嘻地说:"他们两个没你长得帅呀,小美女怎会不挑你挑他们呢!"

晓星神气地挺起胸膛,说:"这还用说!"

"哈哈哈!"大家都大笑了起来。

安琦也破涕为笑。她感慨地说:"我这一生最幸运的,就是碰上了你们这些好朋友。临危不乱,互相扶持……"

万卡说:"小岚说得对,事情也许并不是那么坏的,现在我们一定要保持乐观,不要自乱阵脚!"

小岚说:"这露天的木笼子还挺好玩的,我们可以在这里野餐。来,把好吃的东西都拿出来。"

大家都热烈响应,纷纷去掏背囊。一眨眼工夫,地上就像变戏法似的出现了许多零食,饼干啦,薯片啦,果干啦……

"哇,真像学校去野餐呢!"晓星欢天喜地地拿了一包薯片,"咔嚓咔嚓"地大嚼起来。

其他人也不客气,拿了自己喜欢吃的,大吃起来。

晓星突然看到木笼子外有个土著女孩,双手抓着木柱,目不转睛地看着他们,一边看还一边用鼻子使劲嗅着。她一定是闻到香味了。

大家一见都乐了。哈哈,还真应了小岚的故事发展呢!

"帅哥晓星,上!"小岚大声说。

"遵命!"晓星从地上蹦了起来,跑到土著女孩跟前,抓了一块薯片递给她。土著女孩犹豫了一下,接了过去。她用不信任的目光看了看晓星,又把薯片凑近鼻子,使劲嗅了嗅。

晓星拿了一片薯片放进嘴里咀嚼着,还做出一副吃得津津有味的样子。土著女孩好像下了决心,迅速把薯片送进嘴里。她慢慢地咀嚼着,脸上的神情马上有了变化,惊喜,享受……

吃完后,她又眼馋地看着晓星手里那包薯片。晓星把薯片递过去,土著女孩伸手拿了一片,饶有滋味地吃了起来。就这样,两个孩子你一片我一片,把薯片吃了个精光。

这时,土著女孩已经和晓星很友好了,她拍拍胸口,说:"苏苏!苏苏!"

晓星知道她在介绍自己,便也使劲拍拍自己胸口,大声说:"星星!星星!"

土著女孩用手指指自己,嘴里说:"苏苏!"又用手指指晓星,说:"星星!"然后伸出两个食指,互相一碰一碰的。

晓星看了,也抬起手,学着女孩的样子把两个食指互相碰着。苏苏显得很高兴,她想了想,从口袋里掏出一样东西,放到晓星手里。晓星低头一看,竟是一只木雕的小兔子!小兔子雕得非常精细,四腿撒开,像在奔跑着;耳朵竖起,两只眼睛圆滚滚的,还点上了红色……

"是你做的吗?"晓星惊讶地细看木兔子。

苏苏使劲地点着头,然后,又用手比比画画的,做出"送给你"的意思。晓星也不管苏苏明不明白,连声说着:"谢谢!谢谢!"

但是,总得回赠点什么给人家呀!他想了想,从裤袋里

掏出一个弹弹球送给苏苏。那是不久前和妮娃一块儿在扭蛋机扭的。苏苏接过来，高高举着，透过太阳光饶有趣味地看着弹弹球里那个小娃娃，开心得只顾咧开嘴笑。

这时候，远处传来了吆喝声，好像在叫唤谁。苏苏凝神听了听，转身朝晓星挥了挥手，便一蹦一跳地跑了。

安琦惊奇地说："晓星，你好了不起！你的薯片外交成功了，她把食指碰碰，是说你们俩是朋友呢！"

小岚用手摸摸晓星头顶，夸奖说："我们晓星果然不辱使命，真了不起！"

万卡和利安也直朝晓星竖大拇指。

晓星嘿嘿地笑着，十分得意。

万卡说："晓星，我以乌莎努尔国王的身份，委任你为外交部友谊大使，专责促进和'每每部落'的友好关系！"

"真的？！"晓星高兴得不得了，"友谊大使？友谊大使一定是个很大的官吧？小岚姐姐，我当大官了！你看我是不是很了不起？"

小岚敲了他脑袋一下，说："这小子，真是官迷心窍！"

晓星脑袋一缩，不满地说："小岚姐姐，你以后不可以再敲我脑袋啦，我是大使了，大使还让人敲脑袋，很丢人的。"

晓星的话惹得大家都笑起来。

安琦忽然"嘘"了一声,小声说:"安静,听听那个叫奈奈的小头目在说什么!"

大家望向笼子外面,果然见到奈奈跟几个看守笼子的人在商量什么,一边说还一边朝笼子这边指指点点。一会儿,他们就离开了。

小岚发现安琦脸色发白,知道大事不好,忙问道:"怎么啦?他们在说什么?"

安琦惶惑地说:"天哪,他们准备在我们中间选一个人去祭神!"

"啊!"

第11章
烈火里的惊人一幕

安琦的话令所有人都大吃一惊。

晓星忙问:"土著人为什么要我们去祭神?怎么个祭法?要我们去磕头拜拜吗?"

安琦说:"他们说我们亵渎了神物,会给部落带来灾难,所以必须要在我们中间找一个人做祭品去祭祀天神,这样才能化解。祭品将被绑在柴堆上,被……"

虽然安琦没有说下去,但大家都明白了是怎么回事,不禁大惊失色。

"我们想办法逃吧!"利安说完,起身抓住木笼子上的木柱猛撼,但碗口粗的柱子纹丝不动。

"没用的。"安琦摇摇头说,"寻找所罗门宝藏这事由我而起,你们都是为了帮我才身陷险境的。一人做事一人当,我去当祭品好了。"

"不!"小岚坚决反对,"不,你还没有完成父亲遗愿,你不可以死的!而且,你还要回去照顾你奶奶呢!"

大家都七嘴八舌地说:"是呀,安琦,你要活着回去!"

安琦说:"谢谢大家的好意!看来你们是不会同意我去

当祭品的了,这样吧,我们交给命运去决定好了。我们来抽签决定吧!"

万卡说:"这样吧,就由我和利安抽好了。我们是男子汉,应该保护女孩子。"

"我……我……"晓星犹豫了一下,鼓起勇气说,"虽然我很不想去当什么祭品,但是,我也是男子汉,我也要和你们一块儿去承担去面对!我也要和你们一块儿抽签!"

利安说:"嘿,你充什么男子汉,你还是个小孩呢!天大的事由大哥哥来替你担当就是了。"

安琦说:"别争了,我们虽然是女孩子,但勇气不会逊于男孩子。大家都抽,就这样定了!"

小岚说:"对,我赞成!"

安琦不由分说,她从背囊里拿出一张白纸,裁成五小张,又在其中一张上画了什么,然后把小纸块折成小团。她把小纸团抓在手心里,说:"这五个小纸团里面有四个是空白的,有一个打了个叉。谁拿到打叉的纸团,谁就当祭品。来,你们先抽吧!"

万卡和利安都不赞成安琦的做法,但安琦把手伸到他们面前,眼神坚定地看着他们,一副绝不妥协的样子,两人也只好各自拈起一个纸团。

晓星先打开,是张白纸;利安和万卡也打开,同样

是白纸；接着小岚打开，啊，也是白纸。大家的眼光"嗖"地落到安琦身上。安琦举起手中纸团，说："那不用看了，这肯定是打了叉的那个。看来，是上天注定让我来承担这个责任。"说完，她把纸团塞进了口袋里。

小岚一直睁大眼睛看着安琦，这时候，她趁安琦不注意，迅速从她口袋里掏出了那个纸团。机灵的她发现了问题。

"哎，你干吗呀！"安琦急了，要去夺回纸团。

小岚把纸团收在背后，说："我怀疑安琦作弊，快把她拉住！"

利安赶紧扯住安琦，小岚趁这机会，打开安琦那个纸团。

大家都呆住了，白纸一张，上面什么也没有。

万卡说："怪不得你那么坚决主张抽签！"

安琦哭了。

"你们就让我代替大家去死吧！这样我心里会好受些的。"

小岚上前搂住安琦，她把在场的人环视了一遍，说："我们谁也不会死！谁也不许去死！我们五个人一条命，来，我们手拉手，团结在一起，生死在一起，相信我们一定会化险为夷！"

"对，我们谁也不会死！"万卡走过来，拉住了小岚的手,接着利安、晓星也过来,五个人手拉手,站在木笼子中间,就像五个勇敢的斗士。

有人来了,那是奈奈,他身后跟着五六个男人。笼子里的人都警惕地看着他们。

木门打开了,奈奈黑煞神一般站在门口。万卡和利安赶紧站到最前面,用身体护着其他人。

奈奈盯着他们看了看,然后伸出双手,一下就把万卡和利安扯了个人仰马翻,他铜铃一般的眼睛扫了扫,随即落在小岚身上。万卡见情况不妙,要过来阻止,几个粗壮的土著人却把他拦住了。奈奈一伸手,老鹰抓小鸡一般把小岚拉到面前,又轻轻一举,把她扛到肩上,随后走出了笼子。

"小岚!"

"小岚姐姐!"

大家惊慌失措地要去救小岚,但全被土著人粗暴地推倒在地上,等他们爬起来时,木笼子已被牢牢关上了。

"你放手!喂,大块头,你放手!"小岚一边叫一边捶着奈奈的背。但没用,她小小的拳头落在奈奈的背上,就像替他搔痒一样,奈奈一点也不理会。

"小岚!……"在朋友们焦急的呼喊中,小岚去远了。

其他四个人面面相觑,脸色惨白。

晓星喊着:"小岚姐姐会死吗?我不要小岚姐姐死!"

"不会的,她不会死的!我们一定要救她,一定要救她!我们想办法,快想办法!"万卡在笼子里绕着圈子,就像一头困兽。

晓星突然想起什么:"苏苏!找苏苏救小岚姐姐!"

于是,他大声叫喊起来:"苏苏,苏苏,你在哪里?"

他焦急的声音传得很远很远,但是,没有回应。安琦也跟着喊起来:"苏苏!苏苏……"

喊呀喊呀,嗓子喊哑了,却没见苏苏出现。

利安捡起一块石头,他使劲用石头去砸木柱,但是,没有用!那些木柱坚硬极了,一石头砸下去,仅仅出现一个浅浅的印子而已。

万卡双手抓着木柱,呆呆地望着小岚消失的地方,那眼神十分悲哀。

天渐渐黑了,一群土著人扛来了一捆捆木柴,扔在离木笼子不远的小广场中间,堆成了一个小山。

笼子里的四个人抓着木柱,看着,心紧张得都要打结了——天哪,他们马上就要在那里点火祭天神了……

又是一阵阵"嘿嘿嘿嘿"的喊声,无数火把由远而近,来了一支百多人的队伍,领头的十几个强壮男人,抬着一架抬竿样的东西，那抬竿的座椅上，坐着一个人……

走近了，大家失声喊了起来："小岚！是小岚！！"

真是小岚！她一动不动地坐在椅子里。在熊熊火光下，她就像一尊圣洁的女神塑像。

"小岚！"

"小岚姐姐！"

大家狂叫着。

小岚听到了，她转过脸来，脸上露出平静的微笑。

土著人把小岚连椅子搁在柴堆上。

"不要！小岚，我不要你死！"万卡猛力撼着木柱，绝望地喊着。

晓星和安琦痛哭起来；利安没哼声，只是更加使劲地去砸木柱，石头把他的手掌割破了，流出血来……

火光把小广场照得如同白昼，可以见到一个样貌威严的土著人从人群中走了出来，他的打扮跟其他人差不多，只是头冠上插了几根羽毛。他走到柴堆前面，双手伸向天空，嘴里喊着："历历！历历！历历！"

安琦说："这是每每部落的头人，他在向天神介绍自己，说他叫历历。"

头人历历眼望天空，开始咕噜咕噜地念叨起来。

安琦不安地说:"他在念祭文,念完祭文,就……"

她不敢说下去,但大家都明白是什么,他们快急疯了。

这时候,历历停住了念叨,他把手一挥,一个手持火把的人走向柴堆,火把一接触干柴,马上熊熊燃烧起来……

小岚的声音随风飘来:"再见了,朋友们!我爱你们!!"

"不!"随着万卡一声怒吼,"咔嚓"一声,那根碗口粗的木柱竟被他撼断了,他从缺口往外一挣,箭一般冲了出去。他一边跑一边大声叫喊:"不……不……"

那声音惊天动地,在黑夜里回响着,那些土著人都吓呆了,竟都愣愣地站在那里,眼睁睁看着万卡跑近火堆。

万卡一个腾跃,跳上了柴堆。

"万卡!"小岚惊喜万分,她一把搂住了万卡。

万卡把小岚拦腰一抱,就要跳出柴堆。没想到小岚"哎哟"喊了一声,万卡一看,原来她被一条结实的青藤绑在椅背上。

万卡紧张地解着青藤,但那结打得实在太紧了,一时解不开。

火在接近,那热力灼得两人皮肤生痛,小岚着急地对万卡

说:"你走吧,别管我了!"

万卡满头是汗,他大声说:"不,我绝不能让你死!"

这时候,晓星等人也跑到了火堆前面,利安一个箭步,也想冲进火堆帮忙,但被奈奈和几个土著人抓住了。

火越烧越近,离小岚和万卡他们只有几尺之遥……

小岚几乎是哀求了:"万卡,快走,快走!!"

万卡咬着牙,仍在设法解开青藤……

火,已烧着了万卡的衣服……

在场的人都呆了,眼睁睁地看着眼前这惊人的一幕……

正在千钧一发之时,有人大喊一声,然后把什么东西飞向万卡。万卡一把接住,一看,竟是一把土著人用的带鞘的刀。他不容多想,一把扯掉刀鞘,用刀几下割断小岚身上的青藤,然后抱起她,带着一团火腾空飞出柴堆。

当那团火光落地之后,晓星、利安和安琦急忙跑了过去,大家七手八脚,很快把万卡身上的火扑灭了。

这时候,在场的土著人好像才清醒过来,一拥而上,把他们团团围住。

奇怪的是包围圈里竟然有六个人!小岚、万卡、利安、晓星、安琦,还有一个是谁?

第12章
万卡医生

晓星最先喊了起来:"苏苏?!"

没错,那第六个人正是土著小女孩苏苏!此刻,她张开双手,把五个"入侵者"护在身后。

历历朝着苏苏怒吼起来,他指手画脚的,像是叫苏苏马上走开。但苏苏一动不动,脸上毫无惧色。

历历显然发怒了,他挥了挥手,那些土著人一见,就要冲过来。

"@#%^&!"苏苏喊了一句什么,手拿一把刀子,就要往脖子上抹。

这一招看来很有效,历历吓坏了,赶紧制止了土著人。

苏苏又对历历说了几句话,历历暴跳如雷,却不敢再叫土著人进攻了。

显然苏苏在以死相迫,不许土著人走近。

一直在细心听他们说话的安琦,这时小声说:"原来苏苏是历历的女儿!她跟父亲说,要是他们再前进一步,她就自杀。"

怪不得历历有所顾忌!

万卡恍然大悟地说:"刚才那把救命的刀子,一定是她扔过来的,我正奇怪怎么土著人里竟有人会帮我们呢!"

晓星感动极了,他对苏苏说:"谢谢你,谢谢你!"

苏苏不知道他说什么,只是咧嘴朝他笑。安琦马上用生硬的每每话翻译给苏苏听,苏苏听了对晓星说:"不用谢!我听到你喊我的声音了,当时我正在给妈妈采草药,知道你们需要帮助,我就马上赶来了。"

历历抓耳挠腮的,一副为难的样子,正在僵持,远处有人喊叫着跑来。

那是个土著女人,她跑到历历面前,一边哭一边说着什么。她说话速度很快,只听到发出"咕噜咕噜"的声音。但看样子好像是出了大事,只见历历神色大变,而苏苏一直紧握着的刀子竟"咣当"一声掉到地上。

历历跟奈奈吩咐了几句,便带着苏苏急匆匆走了。苏苏临离开时,还转过头,指指晓星他们,对奈奈说了些什么,奈奈点点头,她才走了。

奈奈把小岚五个人关进了一间草房子,又派了几十个人把房子围着。确保他们插翅难飞之后,他也急忙

走了。

晓星有点不安地说:"我看苏苏很着急的样子,不知她出了什么事?安琦姐姐,你知道吗?"

安琦抱歉地说:"我对每每语本来就懂得不多,加上那女人说话太快了,我听不明白她说什么,大概是苏苏家出了什么事。"

晓星心里有点忐忑,说:"希望没事吧!"

草房子比木笼子好多了,起码没有太阳直晒下来,地上还铺了一层干草,可以在上面舒舒服服地躺下。

探险队员们围坐在一起,虽然危险并未过去,但经历了刚才那场劫难,大家都有信心迎接更大的挑战。

晓星说:"万卡哥哥,你刚才好英勇啊!那么粗的木柱,你怎么可以一下就撼断了呢?"

万卡想了想,有点困惑地说:"我也不明白,自己为什么有这么大的劲儿。"

"那是你救小岚心切,情急中逼出来的惊人力量。反正,老弟,你是好样的!"利安用力一拍万卡的臂膀,却听万卡"哎哟"地喊了一声。

"怎么啦?"小岚关切地问。

万卡没作声,只是用手捂住肩膀,脸上露出痛苦的表情。

利安一下把万卡的衣袖捋起，大家不禁"啊"了一声：万卡手臂上有巴掌般大的地方被烧伤了，可以见到血浆样的液体从创面渗出……

"万卡，你怎么不早说！"小岚心痛地捧着万卡的手，眼泪都快流出来了。

"小事一桩！你们别担心。"万卡边说边从背囊里拿出纱布药膏，"包扎一下就没事了。"

"我来！"小岚把东西接过来。

她一边用酒精消毒，一边用嘴轻轻地吹着万卡的伤处，还不时用受惊的眼睛看看万卡，问："痛吗？"

"不痛！"万卡大声说。其实，酒精接触伤口时，那可是钻心的痛，但小岚的关怀，已足以把痛楚抵消了。

平日大大咧咧的小岚此刻像绣花一样细心，从来没学过包扎的她，竟然替万卡把伤口包得不松不紧、妥妥帖帖。包好后，万卡活动了几下手臂，高兴地说："包得真好，不松不紧的。谢谢你，小岚。"

"我还没谢你呢！刚才要不是你，我早就变烧猪了。万卡，你是我的救命恩人呢！"小岚说。

晓星说："小岚姐姐，万卡哥哥做了你三次救命恩人了！"

"我又不是老年痴呆,还用你提醒!"小岚白了晓星一眼。

晓星说:"那你还不赶快和万卡哥哥……"

利安大声地"哎哟"了一声,打断了晓星的话。小岚吃惊地问:"利安,你也受伤了?"

利安没作声,只是伸出右手,把手掌往小岚面前一摊。

"啊!"小岚喊了起来,"你的手……"

大家一看,利安的掌心和几个指头都蹭破了皮,往外渗着血。安琦说:"啊,一定是刚才着急小岚安危时,你拼命用石头砸木柱弄伤的!我给你包扎一下!"

利安没吭声,只是固执地用眼睛盯着小岚。安琦见状抿嘴笑了笑,说:"噢,小岚刚给万卡先生包扎过,有经验,还是小岚给你包吧!"

小岚瞪了利安一眼,心想:"这家伙吃醋了。"但她还是接过安琦递过来的消毒用品,开始给利安的伤口消毒。有几处伤口还挺深的呢,可以想象刚才他是用怎样地狠劲去砸木柱。

小岚不由得感动起来,她其实也深深感受到了利安对自己的那份关怀。

小岚正准备替利安包上纱布,但发现纱布用光了。万卡见了拍拍脑袋,说:"糟了,早知道带多点!"

他又指指手上刚缠上的纱布："把这个拆下，给利安包上吧！"

"不，你烧伤的地方不能受感染的，拆我手上的吧，那几道小伤口应该没事了。"小岚说着，不顾众人阻挠，把左手上的纱布拆了下来。

小岚细心地剪去开头和末尾两截纱布，留下中间一段干净的："来，利安，我给你包上！"

小岚用同样的细心，替利安包扎着伤口，利安瞧着小岚的每一个动作，抿着嘴笑得十分开心。

安琦见晓星眼睛骨碌碌地瞧瞧利安，又瞧瞧小岚，瞧瞧万卡，知道他又在想鬼主意，便把他拉到一边，小声说："小朋友，你别再枉作红娘了，让小岚自己去作决定吧！"

晓星机灵地眨眨眼睛："是，安琦姐姐！"

"星、星、星……"突然听见有人用怪怪的声音叫唤，晓星一看，在草房子的窗口，露出了苏苏的脸。

"苏苏！"晓星高兴地跑了过去，"苏苏，你家不是出了什么事吧？"

安琦赶快把晓星的话翻译给苏苏听。

苏苏低着头，眼睛一眨一眨的，好像在强忍着泪水，这下弄得晓星更着急了："苏苏，你快说呀！"

苏苏哽咽地说："我妈妈病了几天了，刚才还昏过去

了,吓得婶婶赶快来找我们回去。现在妈妈虽然醒了,但啦啦说,妈妈病得很重,他也治不了,妈妈可能只有几天命了。呜,我不想妈妈死……"

安琦急忙把她的话翻译出来,还特别说明,"啦啦"是每每部落专给人治病的老者。

怪不得苏苏和她爸爸刚才这么紧张。大家看着苏苏,十分同情。

晓星皱着眉头,说:"唉,上哪儿去找个医生,替苏苏妈妈治病呢?"

"我就是医生呀!"万卡对安琦说,"你跟苏苏说,我会给人治病,我可以去看看她妈妈。"

大家马上兴奋起来,是呀,怎么就没想到呢!身边就有个医生,万卡有医科文凭呀!

安琦立刻跟苏苏说了万卡的意思。

"啊!"苏苏惊喜地叫了起来。她朝万卡深深鞠了个躬,嘴里咕噜咕噜了一会儿,然后扭身飞快地跑了。

安琦说:"她说回去告诉父亲。"

晓星乐滋滋地说:"万卡哥哥,你真是我们的救命恩人!救了苏苏妈妈的命,历历一定会感谢你,他肯定会放了我们的。"

万卡笑着说:"希望吧!"

不一会儿,苏苏带着历历来了。那个五大三粗的汉子皱着眉头,把万卡上上下下打量了好一会儿,好像在判断眼前这个乳臭未干的少年是否真有能耐治病救人。要知道,他们这里的啦啦,可全都是白发苍苍的老人家。

"&^%#!"历历对万卡大声说了一句话。

"他说,要是你欺骗他,他饶不了你。"安琦担心地说,"你还是慎重考虑一下,万一他妻子得的是绝症……"

万卡说:"我一定要去!因为也不排除病人只是一般病症,吃药打针就能好,我不去,岂不是见死不救?再说,如果救了头人妻子,那我们就有可能获得释放。"

安琦听了,就跟历历说了几句话。历历听完,跟看守的奈奈说了几句什么,奈奈打开门,一手把万卡拉了出去。小岚等人刚要跟出去,奈奈却把门关上了。

万卡回过头来,对朋友们说:"放心好了,我会把苏苏妈妈治好的,我会回来的!"

小岚大声说:"万卡,小心!"

"嗯!"万卡点点头,给小岚一个自信的微笑。

安琦说:"万卡先生不懂他们的话,我得跟着去。"

她冲着历历大声说了几句什么,历历先是皱着眉头,不知他是听不懂还是不想让安琦跟着去。想了一会儿,历历才朝奈奈点点头。奈奈打开门,又一手把安琦抓出去了。

万卡和安琦在一些土著人的簇拥下,越走越远。

焦急的等待。一个小时过去了,两个小时过去了,万卡和安琦还没回来,大家沉不住气了,晓星双手合十,不停向天拜拜,嘴里念叨着:"老天爷爷,您一定要保佑万卡哥哥!老天保佑,老天保佑……"

小岚一直待在窗子前,眼睛紧盯着屋前那条小路,只要万卡一露头,她准能第一个看见。听了晓星的话,她大声说:"晓星,你放心吧,万卡一定会回来的!"

话虽如此,但谁都知道她心里焦急,因为她把不安和忧虑全写在脸上了。

三个小时过去了。终于……

"噢,你们看,来人了!"小岚大叫起来。

路上走来了几个人,但里面并没有万卡和安琦。

那几个土著人走到草房子前,其中一个人说了几句话,把手里一些什么东西从窗口往里一扔,就走了。

大家一看,是几串香蕉。

自从昨天早上被俘,土著人一直都没有给过他们东西吃,他们一直靠背囊里的食物充饥。现在土著人竟然请他们吃水果!这说明……

晓星脑子就是转得快,他大声说:"我知道了,一定是万卡哥哥把苏苏妈妈治好了,历历很感激,所以给我们送食物。"

小岚高兴地说:"对,一定是!"

利安嘀咕说:"万卡这家伙真了不起!"

这里的香蕉个头还挺大的,颜色金黄金黄的,发出一阵扑鼻的清香。不过此时,就连最嘴馋的晓星都没去碰它们,大家都想等万卡和安琦回来再品尝。

又过了半小时,对面小路上又出现了几个人,啊,这回真是几个土著人带着万卡和安琦回来了!大家高兴得大叫:"嗨,万卡,安琦!"

"嗨!我们回来啦!"万卡和安琦也都喊了起来。

奈奈把门打开,这次他好像没以前那么粗鲁了,并没有对万卡和安琦推推搡搡的,只是让他们自己走进去。

只是不见了几小时,但彼此都好像久别重逢一样,五个人搂作一堆,跳呀叫呀,十分激动。

好不容易才安静下来,小岚问:"苏苏妈妈怎样了?"

万卡说:"她得了肺炎,发高烧,也挺危险的。幸亏我有退烧和消炎的针药,就马上给她打了一针。一会儿,体温就开始降下来了。历历一直不许我们走,怕我害了他妻子,一直等到他妻子烧全退了,还坐起来嚷着要吃东西,他才放我们回来。"

"太好了!"晓星高兴得喊起来,"这回,历历一定会把我们当成大恩人,我们很快就可以恢复自由了。"

小岚说:"我也觉得这历历是个知恩图报的人。"

大家肚子也饿了,于是你一根我一根地把香蕉抢到手,大口大口地吃了个痛快。吃饱后,大家又倒在草堆上,呼呼大睡起来。

他们都认为,危机已经过去,可以高枕无忧了。

第13章
化险为夷

一阵吵吵嚷嚷的声音把晓星弄醒了,他一骨碌爬了起来,跑到窗口,他发现声音来自昨晚那个广场。

他一看便吓坏了!

"快起来,你们快起来!"晓星把睡梦中的人逐个摇醒,"大事不好了!"

"什么事?"利安揉着眼睛,问道。

晓星指着广场:"你们看!"

大家定睛看过去。眼前的景象仿佛昨晚的翻版,只见一些土著人扛来大捆干柴,在广场中间堆成了一座小山。

大家骇然,难道历历恩将仇报?!

万卡说:"大家不用猜测了,头人历历来了。"

果然,门一开,门外站着历历和奈奈,还有十几个高大的土著人。大家还注意到苏苏站在奈奈身边,但她一只手被奈奈紧紧抓住,那情景好像被控制住一样,而她脸上,满是无奈和伤心。

大事不妙!

五个人的目光都落到历历脸上,不知他将会说出什么可

化险为夷

怕的话。

历历盯着万卡,咕噜咕噜地说了起来。安琦神色大变,她看看众人,说:"历历说,他很感谢万卡救了他妻子,但是,天意不可违,我们冒犯了天神,他认为如果不拿我们作祭品,天神便会降罪所有土著人。所以,他一定要从我们当中挑一个做祭品,然后才能放了其他人。"

众人大惊。

小岚这时再也忍无可忍,她用手指着历历,也不管对方听不听得懂,扯开嗓子就喊道:"现在什么年代了,你们竟然还这样愚昧无知!什么神山,什么天神,什么活人祭祀,简直不可理喻!不可理喻!"

大家都为小岚捏了一把汗,担心历历一怒之下,又叫奈奈把小岚扛走。但万万没有想到,情况突然发生了戏剧性的转变。

历历脸上突然露出惶恐的神色,他"嘿嘿嘿嘿"地喊了几声,就双膝一屈跪了下来,俯伏在小岚跟前。

他身后的土著人见了,也都齐嚓嚓趴下,俯伏在地上。

"究竟出了什么事?"

大家你看我,我看你,十分愕然。安琦说:"据我了

解,土著人只有在祭天神时,才会行这样的大礼。"

晓星搔搔头,困惑地说:"该不是他们把小岚姐姐当作天神了吧?"

利安说:"不会,要是这样的话,就不会有昨天那场劫难了!"

安琦说:"是呀,小岚跟昨天并没有两样,人还是昨天的人,打扮也还是昨天的打扮……"

"不,有不一样的地方!"万卡指着小岚戴着的那枚蓝月亮戒指,"昨天这戒指是被纱布包得严严的,土著人没见到,莫非……"

足足几分钟了,那些土著人仍一动不动地伏在地上。看样子,好像在等着什么命令他们才会起来。万卡对安琦说:"你试试看,说天神让他们起来。"

安琦喊了几句,随即起了一阵骚动,土著人真的听话地站了起来,但他们仍弯腰曲背的,一副诚惶诚恐的样子。

"晓星,让苏苏进来!"万卡说。

晓星跑到门外,把苏苏拉进来了。

大家友好地让苏苏坐下。苏苏起初不敢,晓星硬按着她坐下了。

万卡让安琦从苏苏那里了解情况。安琦便柔声地和苏苏攀谈起来。安琦脸上的表情不断变化着,最后她的目光落到

了小岚手上那枚戒指上。

万卡和小岚交换了一下眼神,看来他们的猜测是对的——土著人害怕的是那枚戒指!

这时,安琦兴奋地对大家说:"事情有转机了,土著人把小岚当成了天神,因为在他们的传说中,当年从天而降的神,就佩戴着一枚蓝月亮宝石戒指……"

小岚睁大眼睛:"好奇怪,我一直认为他们的传说故事是编造出来的,但为什么竟然有这样的巧合!"

晓星高兴得在地上拜起来:"谢天谢地,不管真故事假故事,能帮我们忙的就是好故事。现在不是我们怕土著人,而是土著人怕我们了!"

万卡说:"太好了,我们就利用土著人害怕天神的这种心态,让他们反过来帮助我们。我们先休息一晚,明天一早就请土著人带我们去月亮洞。"

安琦按万卡吩咐,对历历说:"你们得罪了天神,天神本来要惩罚你们,但看在善良可爱的苏苏份上,决定饶恕你们。天神明天要巡视神山,请你们派人带路。"

一众土著人又马上俯伏在地上,嘴里咕噜咕噜的,大概是在感谢天神的大恩大德吧。

历历站起来,跟奈奈嘀咕了几句,奈奈马上大声喊了什么,接着见到小路上跑来一队人,他们扛着五架抬竿,一直

来到草房子前面。

安琦说:"土著人请我们坐上抬竿,要送我们到部落歇息呢!"

晓星十分兴奋:"好啊,我还没有去过土著人部落呢,这次可以大开眼界了!"他说着吱溜一下钻出门口,坐上了一架抬竿。

其他人也不客气地坐好了。

由囚犯变为贵宾,心情果然大不一样,大家舒舒服服地坐在抬竿上,东张西望,饱览风光,还不忘大呼小叫地呼朋唤友,得意之情尽写脸上。

他们被安置在两间用木头搭成的房子里,三个男孩住一间,两个女孩住另一间。房间里面的家具全是木头做的,一个直径一米多的大圆树桩放在房子中间做桌子,四个小脸盆般大的小圆树桩做木凳。四边墙上挂了好些木雕,有走兽,有人头像,除了木雕外,还悬挂了一串串绿色植物,十分雅致。两个女孩子都啧啧称赞着,想不到土著部落里还有这么美丽的地方。

一个怯生生的声音响起,咕里咕噜地讲着什么,小岚和安琦回头一看,原来是苏苏呢!

安琦跟小岚说,苏苏告诉她们,这房子是她们家新盖的,刚要搬进去,现在暂时给贵客住了。她还说,室内那些

布置都是她和妈妈弄的，问客人满不满意。

小岚高兴地朝苏苏竖起大拇指，苏苏明白那个动作的意思，眯着眼睛开心地笑着。

晓星跑了过来，嚷嚷道："姐姐姐姐，快来参观参观我们的房间！"

见到苏苏也在，晓星开心地说："苏苏，你们的家好有趣，我喜欢！"

苏苏笑着朝晓星招了招手，又一手拉着小岚，一手拉着安琦，从房子的后门走了出去，啊，原来后院种了很多花呢！红的白的黄的，虽然只是些野花，但在绿叶衬托下显得错落有致，令人赏心悦目。苏苏悄悄地瞧着几个客人的神情，见到他们惊喜的样子，骄傲地笑了。

小岚大声喊起来："苏苏，这一定也是你的杰作吧？你真有艺术家的细胞呢！"

晓星想起他在飞机上拿下来的一本画册，上面尽是各国的漂亮建筑，还有豪华邮轮、新式飞机等，他想苏苏一定喜欢看，就急忙跑到隔壁房间，把画册拿来了。

"苏苏快来，给你看好东西！"晓星把画册摊在木桌子上，招呼苏苏来看。

"啊！"苏苏惊叫了一声。她不眨眼地盯着上面花花绿绿的画面，激动极了。

安琦惊奇地看了苏苏一眼，这女孩子真聪明，跟他们接触几次，已经学会用"啊"来表示惊讶了。

两个孩子头挨头地翻看着画册，晓星指指点点地给苏苏介绍着，飞机、邮轮、酒店……

这时候，两个土著人"哼哟哼哟"抬来了一头惨叫着的大野猪，说是头人送给客人享用的。之后又在前院燃起篝火，准备把猪杀了，给客人烤野猪肉。

大野猪被捆住手脚，倒挂在一根木棒上，它也许知道了自己即将到来的悲惨下场，不断地"嗷嗷"叫着，那样子很是凄凉。

小岚不禁想起自己昨晚差点变烧猪的可怕情景，心有不忍，便跟安琦说："告诉土著人，把野猪放了吧！"

安琦明白小岚的想法，便跟土著人说了几句，让他们把野猪抬走了。

万卡和利安从飞机上取来了一些食品，加上土著人送来的水果和饮品，凑成了一顿丰盛的晚餐，大家便围着篝火，一边吃一边聊天。他们当然也邀了苏苏，那些土著人远远看着，都很奇怪，天神因何跟苏苏这么友好。

苏苏已经被那本画册迷住了，许多从没尝过的美味食物她都只尝了几样，就又埋头看画册了。

小岚跟万卡嘀咕道："苏苏这女孩很聪明，如果有机会

让她到文明社会，将来一定很有出息。"

万卡说："我也这样认为。我们办完事后，就把她带回乌莎努尔，让她到学校念书……"

小岚高兴得拍起手来："太好了，万卡，你这主意太棒了！"

晓星插嘴说："小岚姐姐，万卡哥哥，你们嘀嘀咕咕说什么呀？"

小岚说："我们在商量，把苏苏带回乌莎努尔，让她上学读书……"

"哇，简直太妙了！苏苏一定愿意！"晓星大声叫起来，"苏苏，你愿意跟我们走吗？……"

苏苏听完安琦的翻译后，神情非常兴奋，她说："太好了！我想学会盖高得钻入云层的房子，我想坐可以在天上飞的'大鸟'，还有能在海上跑的船……不过，不过我父亲不会让我走的，平时我想跟朋友去对面那座山玩玩，他都不许呢！"

苏苏显得很无奈。

小岚说："别怕，有我呢！我跟你父亲说。我是'天神'，天神说的话他不会不听的。"

苏苏想想又有点犹豫："可是，要是我想见妈妈了，那怎么办呢？"

万卡说："别担心，你想妈妈的时候，我会派飞机送你回来。你在飞机上睡一觉,睁开眼睛时就可以看见妈妈了!"

苏苏眉开眼笑:"那我跟你们走。我要学很多本领,将来回到这里,给每每族人造'大鸟',造宫殿,造大船!"

安琦为他们翻译着,大家说说笑笑的,十分开心。小岚突然发现利安半天没哼声,一看,他呆呆地盯着篝火,有点精神不振的样子。

"利安,你怎么啦?不舒服?"

利安勉强笑了笑:"有点累。"

小岚伸手摸摸利安的额头,她马上喊了起来:"噢,很烫呢!"

原来,首相家的大少爷身体本来就弱,经过这几天长途劳顿,加上担惊受怕,他终于撑不住,病倒了。

万卡赶紧扶利安回了木房子,让他在木床上躺好,又给他仔细检查了一下,然后对大家说:"不要紧的,只是一般感冒而已,吃了药,睡一觉就会没事的。"

小岚拿来水,服侍利安吃药,又对利安说:"好好休息,很快会好的。"

利安看着小岚,点点头,然后乖乖地闭上了眼睛。

万卡对苏苏说:"你带我们去找你父亲,商量明天去月亮洞的事。"

第14章
蓝月亮戒指

　　一抹早晨的阳光刚好落到小岚脸上，明晃晃的，把她弄醒了。她把头挪挪地方，避开那抹阳光，又闭着眼睛想继续睡。自从进入沙漠之后，就不断陷入各种险境，难得可以安安稳稳在床上睡个好觉，小岚可不想放过。

　　但是，她再也睡不着了。可能，即将到来的月亮洞之行令她兴奋，如果安伯伯的估计没错的话，那人们为之努力了几千年的寻宝历程，要在他们手中画上完美句号了，千年之谜将在他们面前揭开。还有，或许她还可以找到关于自己身世的蛛丝马迹呢！

　　有关在安子洛笔记本里发现的怪字，和父母留给她的戒指上的字一样的事，她一直没有跟朋友们说。因为她自己也不敢肯定什么，也许这只是巧合而已，两者之间根本没有任何关系，所以她决定先保持沉默。

　　安琦也醒了。她和小岚一样，心情也很兴奋，她快要沿着父亲当年走过的路，去揭开一个几千年之谜了。

　　小岚洗了把脸，她担心利安的病，便拉上安琦走去隔壁看看。

万卡和晓星已经起来了,万卡正在收拾背囊,检查要带的东西,晓星就在起劲儿地把鞋子里的沙粒倒出来。见到小岚她们进来,晓星把手指搁在嘴唇边,轻轻"嘘"了一声,又小声说:"利安哥哥还没醒呢。"

万卡放下背囊,走过来,小声说:"他还有点发烧。我看,我们就别叫醒他了,他现在这样子,也没力气登山。"

小岚说:"我们这样把他撂下,他一定很不开心。这样吧,我们吩咐土著人,要是利安醒了,想赶上我们的话,就找人用抬竿把他抬着,上山找我们吧!"

万卡点点头:"也好。"

土著人挺守信用的,小岚几个人刚吃完早餐,历历就来了,还带来了一个由奈奈带领的六人护卫队,负责护送探险队员们上山。

"星!星!"随着叫唤,苏苏蹦跳着来了,大家发现,她身后跟着一位土著女人。

"你身体没什么事了吧?"万卡上下打量着女人,关心地问道。

原来是苏苏的妈妈呢!

苏苏妈妈虽然和所有土著人一样都是皮肤黑黑的,但五官生得很标致,小探险队的队员们都惊讶地朝她看。此刻,她朝万

卡深深鞠了一躬，嘴里说着什么，应该是感激的话吧。

万卡开心地说："不用谢！不过你的病刚好，还得好好休息。"

苏苏妈妈听了安琦的翻译后，感激得一再深深鞠躬。

苏苏要跟他们一起上山，历历开始时还想阻止，但见到"天神"都为她说情，也只好答允了。

万卡跟历历说了利安的事，历历满口应承，于是，一行人开始上山了。

天气仍然酷热，脚踩在石头上，就像铁板烧一般滚烫，大家都挥汗如雨，探险队员们得一路喝很多水补充水分。幸好饮用水很充足，护卫队每人都背着个大水袋呢！

还好利安没来，要不他准得病上加病！大家走走歇歇，一个小时才走了两千米。好在又往上走了一段路，就开始变凉快了。苏苏介绍说，这金刚山越往上走，气温就越低，到了山顶，冷得打个喷嚏都会落下许多小冰粒呢！

幸好月亮洞在山半腰处，大家可不想差点热死之后又来个差点冷死呢！

走着走着，气温越来越低了，一个土著人打开背上的包裹，从里面拿出几件兽皮衣，递给探险队员们每人一件。

穿上兽皮衣的模样虽然怪了点，但还蛮管用的，真的不冷了呢！

小岚搂着安琦的肩膀，两个人瞧瞧晓星，又瞧瞧万卡，小声嘀咕着什么，一会儿又捂着嘴笑。

晓星说："小岚姐姐，你笑什么呀？"

小岚笑嘻嘻地说："我们笑你再拿根金箍棒，就十足一个孙悟空呢！"

安琦也指着万卡说："你呢，就像武松，刚打死了一只老虎，把皮剥了，披在身上。"

万卡研究过中国文化，明白她们说什么，看看自己一身装扮，也有点忍俊不禁。

晓星可不示弱，他看看小岚，又看看安琦，起哄说："噢，哪里来了两个原始社会的女猩猩！"

小岚给了他一拳，说："你才是猩猩呢！周晓猩猩！"

看着晓星一脸懊恼的样子，大家都笑得前仰后合。

苏苏不知他们在笑什么，只是捂着嘴，在一边嘻嘻地跟着乐。

这时，前面出现了一队土著人，看样子好像是巡逻队。发现探险队后，那些人一字儿排开，剑拔弩张的，用警惕的眼神望着来人。

苏苏走到前面，朝对方喊了几句，那些人才把手中的武

器放下，毕恭毕敬地给探险队让出了一条路。

大家继续前行。没多久，听到有人用每每话吆喝起来，原来前面是岗哨。岗哨设在狭窄的山道上，那可是一夫当关、万夫莫开的要隘，况且还有十几个壮丁把守，怪不得当年那支探险队要回去找安子洛，都没法通过。

奈奈跟为首的岗哨耳语了几句，那十几个大汉马上恭敬地肃立一旁，让探险队过去。奈奈又走近安琦，跟她说了些什么。安琦点点头，然后翻译给大家听，原来，护卫队只能送他们到这里了，再往前便是神山禁地，任何人不得踏进半步，这是祖祖辈辈都得遵守的规例。

万卡说："没问题，反正只剩下小半天的路程，我们自己把吃的背上就是。我背囊里有压缩饼干，再拿些饮品和水果，够我们三天吃就行了。"

十分钟后，他们就打点停当，准备踏入禁地了。

苏苏坚持要跟进去，但是，奈奈用铁钳般的大手把她扯住了，历历头人再三吩咐，不可以让苏苏进入神山禁地。

小岚怕进入月亮洞时会遇到危险，不想苏苏出事，所以也不想她跟着去，便说："苏苏，我们进月亮洞有事要办呢，你就别进去了。回来时，我叫晓星给你讲有趣的事情。"

苏苏是个很乖的女孩,听小岚这样说,就不再坚持了,她说:"我在家等你们回来。"

跟苏苏挥手说再见,一行四人就通过岗哨,走进了神山禁地。

小岚见晓星一路上东张西望的,便从后面打了他一下:"小朋友,你脖子上的发条是不是坏了停不下来,怎么老是动来动去的!"

晓星说:"小岚姐姐别笑我啦!我在找小鸟和小动物呢!真奇怪,这禁地人不准进去,怎么就连飞鸟走兽也绝了迹呢?走了一个多小时,连只小兔小鸟都没见过。"

大家想想也对,自从进入神山禁区之后,真的没见过小动物呢!什么道理?这下就连一肚子学问的万卡都摇头了。

按照安子洛留下的地图,再走过几个山坡,就应该是月亮洞了。

太阳不知什么时候下山了,月亮悄悄爬了上来,荒无人烟的金刚山显得更加静谧,给人一种神秘的感觉。

万卡说:"按地图所示,我们很快就可以到达月亮洞了,要不要休息一会儿?小岚,你的脚行吗?"

"当然行,你看,没事了!"小岚蹦了几下,又说,"我们辛苦一点,一鼓作气到达目的地,好吗?"

大家都表示赞成。

半小时后,他们来到了月亮洞前。

经过了许多天的历险旅程,终于到达目的地了!他们的心情都很激动。

面前的真是所罗门宝藏吗?是那个人们寻找了几千年的、伟大的所罗门王留下的宝库吗?探险队员们像做梦一样,不敢相信这是事实。

月亮洞的石门,可算得上是一道巨门了,它不像一般门那样呈窄长形,而是宽三四十米,高二十来米,门面平滑,光可鉴人。走近仔细瞧瞧,石门还是整幅的,没有接驳痕迹。

大家都感到很疑惑:所罗门宝藏已有几千年历史,几千年前,怎会有这样高明的打磨方法?再说,这种白如凝脂的巨石并非当地出产,在缺乏交通工具的情况下,人们是怎样越过沙漠,把这扇门从大老远的地方运到这里的呢?

"啊,好壮观的月亮门!"晓星兴奋得在洞口跑来跑去,一会儿用手抚摸光滑的石门,一会儿用耳朵贴在石门上细心聆听,"里面一点声音都没有。"

安琦的样子比谁都激动,也难怪,她踏着父亲走过的路,终于来到了父亲为之献出宝贵生命的地方了。

小岚的心情也很不平静,她定睛看着石门上那几个字,真的跟自己戒指上的字一样,这不平凡的山洞,难道真的藏

着自己的身世秘密吗?

安琦声音带着颤抖,对小岚说:"小岚,请打开石门!"

大家的目光,全都紧张地盯着小岚手上那枚蓝月亮戒指。

月亮正悬挂当空,发出皎洁明亮的光芒,小岚抬起手,将戒指对准月亮,霎时,"蓝月亮"上发出一柱蓝光,折射到石门上。

大家屏住气息,等着那激动人心的一刻,石门即将在光照中缓缓打开……

十秒钟,二十秒钟,一分钟……几分钟过去了,石门竟纹丝不动。

晓星失望地说:"石门不开哩,那传说靠不住!"

安琦一副焦急的样子,她好像怕小岚会放弃,忙说:"小岚,你再坚持一下,也许需要点时间!"

小岚点点头,继续让"蓝月亮"的光射向石门。时间在继续过去,五分钟,六分钟……

就这样在门口折腾了好久,石门一点没有开启的迹象。

小岚朝安琦摇摇头,失望地放下了已很酸痛的胳膊。

安子洛的消息有误,传说中的蓝月亮戒指并不能打开月

亮洞的门。

安琦垂着头，眼泪无声地往下淌，她为自己无法完成父亲的遗愿而伤心。

小岚见了很难过，她忍不住仰起脸，向着月亮大声喊道："月亮月亮，你在天上千千万万年，一定知道人间很多秘密，一定知道月亮洞如何开启。请你别再冷眼旁观，请你帮帮忙，让我们打开月亮洞，让我们揭开所罗门宝藏的秘密吧！月亮月亮，你听见没有？！"

小岚话音刚落，猛听得晓星惊叫一声："小岚姐姐，你的项链！"

万卡和安琦马上望向小岚的脖子，小岚自己也低头察看，啊！啊！此时此刻，任何语言都无法形容他们的激动，只见小岚脖子上挂着的那枚戒指蓝光流转，戒面上那块圆圆的玉，在月亮光照下，竟变得晶莹剔透、蓝光四射！

"蓝月亮！"大家异口同声地惊叫起来。

真相大白了，原来传说中的"蓝月亮"，并非那枚价值连城的蓝月亮戒指，而是这在月光作用下变成蓝色月亮的白玉戒指！

"蓝月亮"的光折射到石门上……那门，开了，缓缓地开了！

"噢噢！"大家欢呼起来。

第15章
山崩地裂

当月亮洞敞开在他们面前时,探险队员们激动得心在怦怦乱跳,呼吸困难,真有点喘不过气来的感觉,他们都呆呆地站着,看着那个数千年来令无数人魂牵梦绕的藏宝洞。

万卡最先清醒过来,他挥挥手,大声说:"还等什么?进去呀!"

大家紧跟在万卡身后,走进了那宽敞的洞窟。洞两旁摆放着许多箱子,他们一路走,一路把箱子逐一打开。

眼前的情景令他们心跳加速!

箱子里全是美丽的钻石!红的,绿的,蓝的,白的,紫的,黄的,甚至还有黑的!光彩四溢、满洞生辉。即使生在富国帝王将相家的万卡,也看得瞠目结舌。

晓星忍不住伸手拿了一颗绿钻石,好奇地把玩着:"这是真的钻石吗?"

"我的天,都是些奇珍异宝呀!"安琦惊讶地说,"我学过宝石鉴定,这些钻石绝对是真的。"

他们继续向前走着,走上台阶,又是一个新的洞室,里面还是一个个箱子,打开之后,是一箱箱印有希伯来文的金币,金光闪闪,令人眩目。

再前行,还是箱子,许许多多的箱子,里面是各种黄金打造的精美物品,皇冠、首饰、日用品,五花八门,精美绝伦。

"啊,你们看!"晓星兴奋地指着前面,"那里有个殿堂呢!那石坛上放的是什么?"

"金约柜!"几个人异口同声惊叫起来。

探险队员们大气都不敢出,轻手轻脚地走近石坛,只见石坛上放着一个金光闪闪的柜子,柜子两侧有一双展翅欲飞的天使……

真是金约柜!传说中无比神圣,连当时的人也无缘看上一眼的金约柜,竟然完美无缺地展现在面前。

啊啊!大家围着金约柜,一边欣赏,一边惊叹。

"啊!"忽然听到安琦喊了一声,"你们看,这里有一箱子书!"

大家一看,果然见到石坛下有个箱子,里面放着好些书。刚才大家都被金约柜吸引了,所以没发现。

安琦拿起一本书,激动地翻着。

小岚和万卡、晓星赶紧走过去,晓星凑过去一看:"这

上面的是什么文字,我怎么没见过!"

安琦兴奋得脸色发红,她说:"这是希伯来文字。你们看,这本书是所罗门时期的珍贵典籍呢!天哪天哪,许多历史问题会得到印证,有关所罗门的研究,会迈向一个崭新阶段,历史学家们一定开心死了!"

万卡拿起一本书,不过他没看书上的字,倒是很惊讶地研究着书的用纸。他说:"很奇怪!所罗门时期根本没有纸呀,那时候他们写字都是写在羊皮上的!而且,这些纸不论在使用材料方面还是在制作方面,都远远超越了现代的技术。"

安琦刚才只顾高兴,根本没留意书的用纸,现在听万卡一说,也惊讶地呆住了——所罗门时期,的确不会有这样的纸呀!

万卡说:"我刚才还留意了这样一个问题,就是那些装珍宝的箱子,都是用一种很先进的合金钢造的,那也是所罗门时代所不可能有的。"

晓星说:"会不会是在我们之前有现代人进来过,他们带来了很多箱子盛载宝物,又把这些典籍重新印制成书。"

小岚说:"苏苏不是说过吗?她的祖先保护了这神山几千年,从来不许外人进入,安琦爸爸那支探险队,是唯一的一次。如果这样运送大量箱子,还有书籍,是没可能瞒过每

每人的眼睛的!"

万卡拿出一个手机般大小的东西,说:"这是我带来的一个探测仪,能追溯一千年内的生命迹象,但我刚才一路测试,都没有探测到,这就是说,这山洞起码一千年没有人进来过。"

晓星嘴里嘀嘀咕咕的:"奇怪奇怪真奇怪……"

这时候,他手里拿着的绿钻石掉了,骨碌碌地滚下旁边一个斜坡,晓星赶紧追去了。那钻石,他想拿回去送给妮娃呢!

小岚他们还在继续刚才的话题。

小岚说:"我有个设想,一千年前,有人发现了所罗门宝藏,他们用箱子把珍宝一箱箱装好,把珍贵的典籍重新抄一遍,然后转移到这里。"

安琦说:"但即使一千年前,也没有人能造出这种箱子和纸张呀!"

小岚说:"有一种人能。"

安琦惊讶地问:"什么人?"

小岚回答说:"外星人!"

"啊!"

这惊叫并非发自安琦,而是从晓星刚才跑下去的小斜坡传来的,那是晓星的喊声。

小岚他们大吃一惊，生怕晓星遇到什么危险，三个人飞也似的跑了过去。

眼前的景象带给他们无比的震撼——那小斜坡下面，赫然出现了一个巨大的、扁扁圆圆的银白色物体。

那是无数次在电影里见过的，自外星球而来的飞碟！

他们简直傻了，瞠目结舌，愣愣地看着。

这时候，飞碟上下来了一个人，那是晓星，他兴高采烈地向哥哥姐姐们招手："快来呀！飞碟上有很多新奇东西呢！"

"去看看！"万卡说完，带头向飞碟走去。

正在这时候，脚下突然不寻常地抖了一下，万卡不由得停住脚步，又抖了一下，万卡大叫起来："不好，地震！"

这时，小岚和安琦也明显感觉到大地在震动，她们不由得有点惶恐。只有晓星浑然不觉，还在飞碟前一跳一跳的，要哥哥姐姐快去看。

万卡喊了一声："小岚，你和安琦先走！尽快离开月亮洞！我和晓星就来！"

小岚担心地说："你小心点！"然后拉着安琦的手向洞口走去。

安琦走了几步，说："我去那边拿金约柜！"

话没说完，脚下猛地一抖，两人差点跌倒在地。

小岚首先爬起来,她回身拉起安琦:"别拿了,那东西这么重,你没法跑的!"

安琦不听,她边跑边说:"我不能让金约柜长埋地下,不能!"

小岚只好跟在她后面。

望见金约柜了,两人加快脚步,但正在这时,洞顶哗啦啦塌了一大块,把路堵住了。她们没可能再接近金约柜了。

小岚见状赶紧扯着安琦往外走,刚走了几步就碰到万卡和晓星。万卡大惊说:"你们去哪儿了?还以为你们走出去了呢!快走吧!"

晓星一边逃一边气喘吁吁地说着:"太可惜了太可惜了,那飞碟没能带出去!"

脚下颤动得更厉害了,几个人都东倒西歪的,最要命的是那些装满珍宝的沉重箱子竟滑动起来,在洞里东撞西撞的。要是让它撞上,准会少条胳膊缺条腿,所以大家都小心地躲闪着。真没想到这些世界上没人不爱的东西,此时却成了杀人武器。

洞顶上不断有大块泥土掉下来,他们既要躲脚下的,又要避头上的,十分狼狈,幸好离洞口不远了,他们加快脚步,迅速地冲了出去。

万卡喊道:"大家继续跑,要是月亮洞塌了,我们就更

危险！"

于是安琦带路，万卡殿后，一行人拼命跑着。

突然地动山摇，一阵猛烈震动，人也站不住了，他们慌忙抓住身旁的岩石，一动也不敢动。

山好像塌下来一样，无数碎石头打在他们脚边，他们都不敢睁开眼睛，只是死死地抓住石头，抓住一切可以稳住身体的东西。

幸好这一下大震动之后，地震就慢慢停止了，金刚山仿佛一个恶作剧完了的孩子，终于安静下来了。

大家这才敢睁开眼睛。

"月亮洞呢？！"晓星的声音充满恐惧。

其他人回头一看，都不禁瞠目结舌，金刚山刚好在月亮洞的中间位置裂成两半，大石门不见了，月亮洞不见了，它们已陷进了大山心脏！

好险啊！刚才要是跑慢一点，他们就得和那些珍宝一起埋进地下，再也难见天日了！

庆幸逃出生天之余，他们又都很不开心——所罗门宝藏，这个世人寻找了几千年的宝库，又得再长埋地下了。它得静静地等待下去，直到许多年后，科学进步，人们才有能力再把它挖掘出来。

小岚叹了口气，这回真是无功而返了。她想在洞里寻找身世秘密的希望破灭了,安琦要研究所罗门宝藏的心愿也难以实现了……

突然听到安琦舒了口气:"幸好我一直拿着这本册子。"

大家一看,都忍不住欢呼起来,安琦手里拿着的,正是在洞里发现的那本所罗门王朝的珍贵典籍!

晓星想起了什么,他低头一看,惊喜地发现,那颗绿钻石还紧紧握在手心呢!他不禁开心地说:"这里还有呢!我们可以以绿钻石为证,证明我们的确找到了所罗门宝藏。"

大家又是一阵欢呼。

没想到过了一会儿,晓星神秘地眨了眨眼睛,又从背囊里取出一样东西:"我还可以证明进过外星人的飞碟呢!这是我从飞碟里拿的。"

大家又是一个意外惊喜,都抢着去拿他手里的东西,看看他在飞碟里究竟拿了什么。

那是一个外表黑色、方方的扁扁的东西,看上去就像一块闪亮的黑砖。万卡端详了好一会儿也摸不着头脑,便问:"你知道这是什么东西吗?"

晓星搔搔头,说:"不知道啊!反正是外星人的东西就行了,我要用这个来作证明,免得别人说我吹牛皮!"

这家伙!

第16章
伟大的计划

探险队员们借着月色开始下山了。

晓星睡眼惺忪的，走着走着便一头撞到了前面的万卡身上，他定了定神，嘟嘟囔囔地说："万卡哥哥，好困啊，可以休息一会儿吗？"

"好晓星，再坚持一会儿吧！不知道还会不会发生余震，那是很危险的。而且这里也实在太冷了，睡着了会着凉的。"万卡搂着他的肩膀，在他耳边悄声说，"我们是男子汉呢，男子汉要比女孩强……"

"当然！"晓星胸脯一挺，噔噔噔地走得飞快。

地震后的山路变崎岖了，而且常常走着走着就有乱石挡路，所以他们用了比来时多一倍的时间，才到达了岗哨处。

那些土著人见了他们都非常激动，有几个人还恭恭敬敬地给他们叩了几个响头。也许是见他们在山崩地裂后仍能安然无恙地回来，更加相信他们是天神下凡了。

通过了岗哨，大家又继续下山。走着走着，天气没那么冷了，又再走了一会儿，天气已经明显变暖和了，大家把那些兽皮衣脱掉，顿时觉得一身轻松。

万卡说:"大家都累了,现在休息一下吧!"

大家一听,马上扔下背囊,找个地方一躺,很快就呼呼大睡了,一直到天开始发亮,才一个接一个醒过来。

吃了东西,一行四人便精神抖擞地继续下山了。

突然,他们听到不远处有人大声叫喊。

晓星首先停住了脚步:"咦,你们听,好像有人在叫'救命'呢?"

大家停住脚步,果然听到了,"救命……救……命……救……"那声音断断续续、有气无力的,是个男声。

小岚说:"这座山一般人都不能上来,是什么人在叫喊呢?"

万卡加快了脚步:"我们快去看看!"

循声一路寻去,叫声越来越清楚了,小岚突然说:"啊,好像是利安的声音!"

安琦也说:"是呢,我也觉得像利安先生的声音。"

"啊,真是像利安哥哥!"晓星马上喊道,"利安哥哥,是你吗?"

"哎,是我!是晓星吗?你们快来救我!"

果然是利安!

大家赶紧向声音发出的地方跑去。啊,看见利安了,他……

说出来你可能也不相信,利安竟然被一些攀爬植物牢牢

缠住,紧紧贴在山壁上,动弹不得。

大家都觉得奇怪,怎么会这样子呢?竟都忘了去救利安,光是愣愣地傻看着。

利安急了,喊道:"喂,还看什么,快救我呀!"

小岚忍不住哈哈大笑起来,其他人也笑了,晓星笑得捂住肚子,"哎哟哎哟"地喊肚子痛。

利安龇牙咧嘴地喊着:"你们幸灾乐祸!"

万卡连忙上前帮忙,把缠着利安的一根根青藤扯开。其他人也赶快去帮忙。小岚笑着说:"利安,你好奇怪,怎么竟然让树妖给纠缠上了!"

晓星就说:"利安哥哥是和大山亲吻呢!"

利安哼哼唧唧着:"笑啊,尽管笑,等会儿让你们知道我的厉害!"

大家一边笑,一边七手八脚帮忙扯开藤呀树枝呀什么的。那些植物缠得死死的,要扯开还真不容易。万卡便从背囊里拿出一把刀,一下,两下,三下……砍了十几刀,终于把利安救出来了。

利安一边拍着身上的树叶泥土,一边哼哼着:"该死的地震!"

原来,利安吃了感冒药后,睡得很死,一直到中午才醒过来。发现朋友们已经出发多时,他很着急,马上要出发追上去。但历历阻止了，因为中午时太阳太猛，气温特别高，所以要他傍晚时才出发。利安吃完午饭，等呀等呀，到了下午三点来钟时，就再也坐不住了，他决定不等土著人来带路，自己背了一些干粮和水，便上山了。

他原先想得很简单，以为上山只有一条路，谁知走了没多久，就迷路了。他在山上转了半天，到地震发生时，他还没走到岗哨处。当时山摇地动，他怕掉下山，便趴在石壁上，紧紧抓住那些青藤。山崩地裂，虽然没把他甩下去，但一阵折腾后，他被攀爬植物紧紧缠住，一动也不能动了。他拼命挣扎，但越挣扎那些植物就缠得越紧，他只好放弃自救，等候有人路过时来救他了。

利安惊魂稍定，就不停打量小岚他们几个，他其实挺担心他们的安全，见到大家都没事，才放了心："你们没事太好了！我好担心你们啊！"

小岚拍拍他肩膀，说："没事，没事，出去四个，回来两双！"

利安又埋怨说："你们真不够意思，把我一个人撂下，就跑去寻宝了！哼！"

晓星说："嗨，你那时睡得像死猪，难道要我们抬你去吗？"

利安拿眼瞪他："好啊，这么诋毁我！我回去叫妮娃不

理你!"

晓星笑着说:"嘻嘻,利安哥哥,对不起,我不是诋毁你,只是形容过当罢了。"

安琦笑着说:"我只听过防卫过当,没听过有形容过当的。"

小岚说:"嘿,你跟晓星相处时间长一点就会知道,这小子常犯这'形容过当'的毛病。"

利安有点着急地说:"喂喂喂,你们别光说废话了,快告诉我,找到所罗门宝藏没有?"

晓星抢着说:"找到了,也失去了!"

"啊,什么意思?"

大家七嘴八舌的,把经过一一告诉了利安。

"啊,真刺激!要是跟你们一块儿去就好了。"利安顿足说,他又惊讶地问:"你们在月亮洞发现了飞碟,那就是说,所罗门宝藏跟外星人有关系?"

万卡说:"是呀,我们在月亮洞里发现合金箱子和那本典籍时,都怀疑这个宝藏跟外星人有关,而那飞碟更证实了这个猜测。"

利安一边思考一边说:"把你们刚才说的整理一下,那就可以得出结论:一千年前,外星人发现了所罗门宝藏,他们把这些宝藏用他们造的箱子装好,运到了月亮洞,他们为保存写在羊皮上的典籍，就把典籍的内容重抄一遍，那些千年不坏的纸和千年不褪色的油墨，是外星人的高科技制造……"

"利安哥哥，你好厉害呀，你说得太对了！"晓星说，"我来补充点。每每族人的祖先见到的山神，其实就是外星人，他们见有人从天而降，当然就把他们当神仙了！"

大家一路说着，分析着，不知不觉已回到每每部落。

啊，眼前的情景让他们大吃一惊。

一天前还草房林立的每每部落哪里去了？眼前所见，只是一间间倒塌的房屋，一群群无家可归的土著人。大人叫，小孩哭，乱糟糟的。

是那场地震作的孽！

"星！星！"随着清脆的叫声，苏苏跑了过来。她看看晓星，看看其他人，嘴里咕噜着。不用翻译，就知道她一定是表达对探险队平安归来的惊喜。

苏苏又过来拉着万卡的手，猛扯他走。万卡不知她想干什么，只好跟着她走。小岚几个见了也不知怎么回事，也就跟着去了。

苏苏把万卡带到一间塌了一半的房子前，只见没塌的那半间房子里，躺了几十个在地震中受伤的土著人。

原来，聪明善良的苏苏，想让万卡帮忙医治伤者呢！

万卡二话不说，捋起袖子就开始给那些伤者治疗。

伤者大多是被重物砸伤和逃跑时跌伤的，他们一个个痛苦万分，大声呻吟着。

万卡见伤者很多，担心自己带在身上的药物不够用，忙请利安和晓星，赶紧去飞机上把药物拿来。

万卡首先给一名重伤的女人止血和包扎，小岚见了马上去帮忙。安琦也学过急救，她也帮着处理另外一些受了轻伤的人。

一棵塌了半边的大树下，一个男孩靠着树干坐着，脸上露出痛苦的表情。他的母亲坐在旁边，抱着儿子的左脚，急得直掉眼泪。万卡替男孩看了看，发现是脚踝脱臼了。

万卡准备替男孩医治，但男孩怕痛，他一边死命地推开万卡的手，一边大声叫喊着。小岚走过去，对男孩轻轻哼起一首歌，那孩子虽不知道小岚在唱什么，但觉得很好听，便定神地看着她的嘴巴，留心地听着。这时万卡趁机轻轻抬起男孩的脚，熟练地一扭，"咔"一声，把他的脚踝扭正了。

男孩先是痛得"哇"一声哭了起来，但哭着哭着，发现脚一点也不痛了，就止住哭声，惊讶地盯着脚踝处。万卡叫小岚扶他起来，让他试试走路。

那男孩起先不敢走，提起左脚怎么也不肯沾地，他妈妈也拼命摇手。这时，苏苏过来跟小男孩说了几句什么，小男孩马上点点头，试着把脚放到地上。

他试着走了一步，发现没事，又试着走了一步，不痛了呀！他高兴极了，竟撒腿跑了起来，男孩的妈妈开心得又是哭又是笑。

男孩跑去又跑回，他望着万卡，咧开嘴巴笑得很开心。他妈妈流着眼泪，"扑通"一声跪在地上猛地朝万卡叩拜着。

万卡赶紧把她扶起，又急着去给一个头部受伤的土著人医治了。

小岚一直跟着万卡，给他当助手，她见到万卡满脸汗水都顾不上擦，便拿了一些药用棉花，不时给他擦着。有人说男孩子在工作时的样子是最迷人的，万卡在救治伤者时，俊朗的脸上那种专注和认真，竟然令小岚怦然心动。

糟了，别不是真的爱上他了吧！

小岚强迫自己元神归位，又专心地替万卡递着纱布和消毒水。

这时，利安和晓星回来了，他们带来了药品，也同时带来了一个坏消息。晓星颓丧地对万卡说："万卡哥哥，我们回不去了，那架飞机被震得几乎散了架。万卡哥哥，我们怎么办？"

万卡愣了愣,但很快就说:"别管那么多了,救治伤者要紧!飞机的事等会儿再想办法。"

听万卡这么说,大家暂时扔下不开心的事,齐心合力,很快把全部的伤者都医治完毕。

这时候,奈奈来了,他是男孩的妈妈带来的,他一见万卡就跪下磕头,把万卡弄得莫名其妙。后来让安琦过来翻译,才知道原来奈奈是男孩的爸爸,他是来感谢万卡的呢!

万卡这边刚扶起奈奈,那边的伤者和家属,除了躺着不能起来的,却又齐齐跪了下来,猛朝万卡等人磕头,弄得他们不知所措。

奈奈的妻子这时捧来一串香蕉,那香蕉显然经历过碰撞,有的扁了,有的变黑了,但那女人却十分珍惜,小心地捧到万卡跟前。小男孩站在妈妈身旁,他看着香蕉不断咽口水,却懂事地拉着万卡的手,要万卡去接过香蕉。

万卡感动极了,他知道地震过后,吃的东西几乎全毁了,能猎食的野兽也跑光了,所以一些好不容易找到的食物就变得格外珍贵。这女人要把香蕉送给万卡,就是用最珍贵的东西来表示感谢。

万卡突然一拍脑袋:嘿,怎么不早点想起来呢,飞机上有很多吃的呀!他谢过那女人,就急忙和利安跑回飞机那里。

正如晓星所说，飞机被地震波及，机身震得几乎全散了，看样子已无法修复。万卡和利安也没顾上管它，只是专心地在飞机残骸中找寻吃的东西。幸好那些食物包装都很密实，除了水果被碰烂外，其他饼干、糖果等都还可以吃。

他们把食物装了两袋子，拖回部落里，把食物一一分给了土著人。

土著人拿着饼干呀、巧克力呀这些从来没见过的食物，开始时还不敢送进嘴里，但禁不住肚子饿，更抵受不了那些食物的香味，就都不顾一切吃起来了。

他们马上骚动起来了，怎么竟然有这样美妙可口的食物！

懂事的孩子舍不得吃光，就跑去让爸爸妈妈咬一口，那些大人都很吃惊，心想这大概是神仙吃的东西吧！

探险队员们没有给自己留下食物，虽然饥肠辘辘，但见到那些土著人吃得这样开心，他们都觉得很快乐。

苏苏分到了一块巧克力，晓星正教她剥开锡纸，苏苏把锡纸珍惜地放进口袋，又把那块四四方方、上面印有玫瑰花图案的巧克力放在掌心，惊喜地欣赏了好一会儿，然后才用牙齿轻轻咬了一小口。

也许她觉得太好吃了，放在口中好一会儿仍舍不得

吞下。

小岚望着苏苏的样子,心里十分唏嘘。她让安琦跟苏苏说:"我们把你带到外面世界,让你每天都能吃上巧克力糖,好吗?"

"嗯!"苏苏听了高兴地点点头,但想想又说,"但是,我希望其他每每族的孩子,还有我们的爸爸妈妈,每天都能吃上巧克力糖。"

说着,她高兴地举着那块巧克力,走了,她一定是和那些懂事的孩子一样,给爸爸妈妈尝去了。

"这孩子真懂事!"小岚感动地看着苏苏的背影,继续说,"我们得想办法帮助她,帮助她的族人,他们再也不能这样生活下去了。"

安琦说:"我听那些土著人说,这里每年都会发生一两次地震,所以他们的房子盖了塌,塌了盖,过着不得安宁的生活!土著人以猎物和植物果实为主食,但地震过后,能吃的植物果实都掉得差不多了,需要很长时间才能长出来,而动物也死的死,跑的跑,也要很长时间才重新出现,所以他们得过一段饥饿的日子。"

万卡说:"我有个主意。或者说服他们来个大迁徙,到乌莎努尔生活。我国有的是山林和土地,他们可以尽快进入现代文明,过上好日子。"

"太好了!他们也早该结束这原始生活了。"小岚高兴地说,但又有点忧虑,"他们肯走吗?这么多年,多少国家想同化他们,都没成功。"

晓星听到可以同苏苏一起回乌莎努尔,很开心,他马上插嘴说:"我有办法!"

"咦,说来听听!"

"既然土著人以为小岚姐姐是天神,他们又那么忠心地守护神山,我们就让小岚姐姐告诉他们,神仙回到天上去了,他们以后再也不用守卫金刚山了。另外又可以说万卡哥哥是神仙派来帮助每每部落的,要他们听万卡哥哥的话。那万卡哥哥就可以趁机提出大搬迁的事了。"

大家你看看我,我看看你,都认为这是个好办法。等到土著人完全接受了文明社会生活,再接受了新知识,那他们就会跟现代人一样了,甚至能和现代人一样发明创造,成为推动世界进步的力量。

小岚表示赞成:"这次万卡帮了他们很大的忙,又是治病救人,又是捐赠食物,我想每每人一定相信,万卡是上天派来帮助他们的人。"

他们为这即将实行的伟大创举而激动不已。

万卡说:"这事不可操之过急,我回去和国会商量一

下,让计划更加周详。目前最要紧的是解决他们日常所需。我刚才已经致电最近的一个地区政府,向他们购买一批食物和帐篷,他们答应,傍晚就会陆续送到。"

"啊,太好了!"大家都欢呼起来。小岚用钦佩的目光看着万卡,为他对土著人所做的一切而感动。

这时晓星又想起了那件一直让他担心的事,他问道:"万卡哥哥,那架飞机还能用吗?要是没用了,我们怎么回去呀?"

小岚笑道:"放心吧,万卡已经打电话购买了一架小型飞机,飞机已在前来途中了。"

当晚,救援物资从天而降,土著人有了吃的、住的,他们都欢喜若狂,无比感激小岚等为他们救苦救难。

小岚郑重地"召见"历历,传达了天神的旨意,说明天神派万卡国王来帮助他们,让他们过上好日子。

历历目睹小岚他们全力帮助每每人,早已万分感激,磕头向天拜谢,表示要听从天神的意旨,跟随万卡国王。

第17章
回到过去

探险队要离开每每部落了。

飞机前面的空地上站了上千人,每每部落的土著人全部来给探险队送行了。土著人咕噜咕噜地说着话,虽然听不懂他们说什么,但从他们恭敬的神情、感激的目光中,就猜到一定是在感谢探险队给他们的帮助。

历历站在送行的人群前面,手里捧着一只很大的象牙,他一边深深鞠躬,一边用双手把象牙送给万卡。万卡踌躇着看看安琦,不知该不该接受。安琦笑着说:"你快接过来吧!这是每每人的一个习俗,他们给你送上象牙,是表示尊敬和臣服,你已经赢得了土著人的心了。"

万卡很激动,他马上把象牙接过来,又用一只手把它高举起来,学着每每人的样子高喊道:"嘿嘿嘿嘿!嘿嘿嘿嘿!"

土著人听到了,也跟着一起喊起来:"嘿嘿嘿嘿!嘿嘿嘿嘿!"喊声震天动地。

万卡把手一放下来,那些喊声也戛然而止了。万卡大声说:"再见了,每每部落的叔叔伯伯们,婶婶阿姨们,兄

弟姐妹们,我们很快会再见面的。再见的那一天,我一定会让你们过得幸福快乐,再也不会有天灾人祸,不会有饥饿寒冷,不会有悲伤痛苦!"

"嘿嘿嘿嘿!嘿嘿嘿嘿!"回答万卡的,又是一阵惊天动地的喊声。

探险队员们上了飞机,土著人还不肯散去,他们依依不舍地朝天空挥手。

除了驾驶飞机的万卡外,其他人都每人占了一个舷窗,不断朝下面挥手,直到送行的人全部变成"小蚂蚁",变成小黑点……

小岚显得很兴奋:"我们这次到月亮洞探险,没想到还捎带着做了这么一件大事,能够让每每人回到现代文明社会!真是太好了!"

晓星笑嘻嘻地说:"我个人收获也很大呀,带回了一颗绿钻石,还有一个不知是什么东西的东西。"

安琦爱不释手地捧着从月亮洞拿出来的那本书,说:"我也有大收获,这本典籍非常珍贵!"

利安叹了口气:"唉,我连月亮洞的门都没见过,真倒霉!"

小岚想起自己此行没能找到亲生父母的任何线索,不由得也叹了口气。

晓星见小岚叹气，忙说："小岚姐姐别难过，我给你一样吧！这绿钻石要给妮娃，我把从飞碟上拿的东西给你好了。"

晓星说完，就从背囊里拿出那个黑色的四四方方的东西，塞给小岚。

"哈，你真舍得啊！你不是要拿回去给朋友们炫耀的吗？"小岚接过来，笑着说。

晓星笑嘻嘻地说："我是舍不得，但更不想你不高兴呀！我是很乖的小孩呀！"

"王婆卖瓜，自卖自夸！"小岚用鼻子哼了哼，又说，"不过，你这回还算夸得有点道理，你还挺有心的！我看看，究竟是什么东西。"

大家把脑袋凑过去，一起研究起来。那东西外表就像一块黑色的砖，大小也差不多，好像是不锈钢之类的材料做的。搞不清楚外星人为什么做这么一块不锈钢砖。晓星眼尖，他突然叫了起来："咦，这里有条缝呢！"

顺着晓星的手指看去，果然见到"黑砖"的一侧有条很不显眼的缝，小岚把指甲插进缝里，一扭，哈，开了，原来这是个盒子，只不过做得太天衣无缝了，不细心还真看不出来呢！

小岚小心地打开盖子。大家大气都不敢出,不知道里面有什么东西。

眼前出现的竟然是一个精密仪器,许多精巧的小零件,细细的电线,中间还有个日期显示屏,上面闪着绿莹莹的字,但年月日三个字前面都是空格,仿佛等着谁把日子输进去。

"这是什么东西?"

"年历?"

"也许是计时器!"

大家七嘴八舌的。

小岚说:"我们试试输个日期进去,看看怎样?"

晓星表示赞成:"好啊好啊,一定好好玩呢!"

小岚随手往上面输入了一个日期。晓星问:"咦,这是什么日子?"

小岚说:"这是我记得最牢的一组数字,那是爸爸妈妈在江边捡到我的日期!"

这时候,盒子已经开始有了变化,里面亮起了一盏小红灯,小红灯动了起来,滴滴滴滴,滴滴滴滴……

突然,奇怪的事情发生了,飞机强烈震动起来,而且速度明显快了很多。

大家正在惊慌,驾驶舱传来万卡焦急的声音:"你们做了些什么?飞机完全不受控制!"

小岚说:"我们没做什么,只是在晓星从飞碟里拿来的东西上输入了点东西,应该没关系吧!"

万卡叫道:"外星人的东西,你们不清楚就别乱弄,我看大有关系!"

晓星惊慌地问:"万卡哥哥,是不是要坠机了?"

万卡说:"我只能尽力。啊——"

"啊——"

飞机上一片惊叫声。飞机越飞越快,越飞越快……窗外的东西好像也变了,不再是蓝天白云,像是进入了一个彩色的洞……

是做梦吗?飞机向着一个黄色的中心点前进,周围都是由各种颜色交织而成的彩色画面!……

飞机不知什么时候停下来了,四周一片寂静。

万卡最先清醒过来,他惦挂着其他人,便问:"你们没事吧?"

小岚等人都目瞪口呆地坐在座位上,傻了一般。

"万卡,我们安全降落了?"

"万卡哥哥,又是你救了我们吗?"

大家七嘴八舌地问着。

万卡摇摇头,说:"我根本没做什么,飞机是自动降落的。"

有这样的怪事!

大家赶紧打开舱门，看看飞机究竟落到哪里去了。

天色灰暗，四周迷迷蒙蒙的，像是黎明前，又像是太阳下山刚入黑。奇怪，刚才起飞时，明明是早上八点多钟……

"妈呀，我们不是飞到地球另一面去了吧？"晓星诧异地说。

说话间，东方露出一点亮光，小岚指着亮光说："那应该是太阳升起的地方，现在应该是清晨。"

大家都有如坠入雾中，再仔细观察四周，发现飞机降落在一处刚收割完庄稼的一望无际的田野上。

这是哪里？茫茫田野，看不出是什么地方。

小岚把目光投向远处，看见了一座古朴、壮观的高塔。

"大雁塔！"小岚失声叫了起来。

她曾听妈妈描绘过大雁塔的模样。这座塔坐落在西安市，当年爸爸妈妈就是因为一早在江边散步，远眺大雁塔时，听到她的啼哭声，因而拾到她的。

"这里是西安市！"她大喊起来。

"西安市？"

"是呀没错，那座高塔，叫大雁塔，是唐朝时修筑的。"

万卡吃惊地说："奇怪呀，起飞才一会儿，飞机怎么一会儿工夫就来到中国的西安呢？"

小岚说:"正好,我这次出来的目的就是要寻找亲生父母,这可能是老天爷在帮助我呢!"

晓星欢呼说:"好啊,这回收获最大的,说不定是小岚姐姐呢!"

利安拿出相机不停拍照,他说要记下这件离奇的事。

安琦说:"这里应该是郊区,看来我们要走很远才能到市区呢。"

万卡说:"我们朝着大雁塔走好了。"

一行人走上了一条柏油路,朝着大雁塔走。

万卡说:"有句话叫'望山跑死马',那大雁塔离这并不近呢!"他们也真走运,就在这时候,竟然就听到后面传来一阵汽车声,"轰隆轰隆",直朝他们驶来。

"有顺风车坐啰!"晓星高兴得一跳一跳的,他走到马路中间,张开双手,就去拦车。

货车"嘎"一声,在他们面前停了下来,驾驶室里探出一张满脸胡子的脸,那是一位五十多岁的伯伯。那伯伯操着普通话说:"呵呵呵,大清早,谁在马路中间拦我的车啊?"

"嘿,普通话难不倒我!"晓星马上用不太标准的普通

话跟伯伯搭起话来,"伯伯,我们要去江边,去办点事,您能载我们去吗?"

"没问题,江边路长着哪,你们要去江边哪里呀?"

小岚想了想,也不知该怎样回答,猛然想起妈妈说过那里有棵百年老树,便说:"去有棵百年老树的地方。"

伯伯说:"噢,我知道了,那是江边休憩处,附近就是民政局……"

"哎,对了对了!"小岚没想到伯伯还真知道那地方,高兴极了。

大家高高兴兴地上了车。

伯伯是个健谈的人,话特别多,他告诉小岚他们,他是跑长途运输的,因为接到家里电话,儿媳妇半夜时生了个大胖娃娃,所以他就连夜赶回来了。他乐滋滋地说:"这孩子还真跟我有缘呢!跟我同月同日出生。"

小岚惊讶地说:"噢,那还真是巧!"

伯伯笑得合不拢嘴:"是呀,我是1932年9月20日,他是1992年9月20日,刚好相差60年。"

"1992年?"大家面面相觑,这个伯伯,大概是高兴得昏了头了,都进入21世纪好多年了,他怎么把现在说成是1992年呢!

大家正在惊疑，伯伯打开了车上的收音机："嘿，早间新闻时间到了，先听听新闻。"

车里马上响起了播音员清脆的嗓音："各位听众，早上好，今天是1992年9月20日，现在由刘玲为您播送早间新闻……"

大家你看看我，我看看你，惊讶莫名。伯伯可没昏了头，连电台都说现在是1992年呢！

究竟发生了什么事？

这时，伯伯把车子停了下来，他笑嘻嘻地说："各位小朋友，你们要下车了，因为前面的路段不许货车进入。你们可以一直往前走，在第一个路口往左拐，那就是你们要去的地方。"

谢过伯伯，呆呆地望着伯伯的车子远去后，他们互相瞅着，一句话也说不出来。

小岚首先打破沉默："我怀疑那个黑盒子是个时光机，我不是在上面输入了爸爸妈妈捡我的日子吗？这个日子就是1992年9月20日！只能这样解释，是时光机把我们连人带飞机送到了1992年9月20日的西安市……"

大家都感到无比震惊。

万卡突然喊了起来："小岚，那就是说，你爸爸妈妈是今天清晨在江边捡到你的！"

小岚答道:"是呀!"

万卡说:"那我们快去那里,说不定可以看到当年把你扔在江边的人……"

"啊!我怎么没想到呢!"小岚尖叫一声,撒腿就跑。

一行五人拼命地跑啊找啊,大家都怕错过了时间,错过了揭开小岚身世之谜的机会,幸好,很快就找到了那棵百年老树,那张木制的长凳。

大家还没喘过气来,就赶紧躲到那棵百年老树后面。

也许是天还没亮的缘故,路上静悄悄的,连个人影儿也没有。五双眼睛紧紧地盯着那张长凳。突然,一阵婴儿的哭声传来,五个人的心怦怦跳着。朦胧晨色中,来了两个穿着风衣的人,其中一个人手里抱着婴儿,他们慢慢走近,把婴儿轻轻放在木凳上。

"难道他们就是我的父母吗?"小岚的心扑扑乱跳,她猛地站起来,就想冲出去。但刚好这个时候,一阵风把其中一个人的风帽吹掉了,那人的整张脸暴露在路灯下。

不光是小岚,另外四个人也一样,他们全都呆若木鸡。

那人大脑袋,小嘴巴,深眼眶,竟是个外星人!